OHSAMA BUNKO

息つく暇もないほど面白い『源氏物語』

由良弥生

JN286902

三笠書房

まえがき

身震いするほど哀しく、圧倒的に面白い「珠玉の恋愛譚《れんあいたん》」！

平安時代に紫式部《むらさきしきぶ》によって書かれた『源氏物語』は、わが国の恋愛小説の元祖といえます。

多くの人は『源氏物語』というと、学校で習った古典文法を思い出してアレルギーを起こすかもしれません。

でも、ちょっと待ってください。

『源氏物語』は王朝文化華やかな平安時代の宮中《きゅうちゅう》を舞台に、光源氏《ひかるげんじ》というスーパースターがくり広げる恋愛遍歴の物語なのです。

しかも、光源氏をとり巻く姫君《ひめぎみ》たちは良家の美しい子女だけではありません。人妻もいれば、落ちぶれた貴族の娘もいます。また、地方に埋もれていた明石《あかし》の上《うえ》のような姫君もいれば、唖然《あぜん》とするほど不器量な顔をした姫君もいます。なかには嫉妬《しっと》のあまり怨霊《おんりよう》となる姫君もいますし、あげくの果てには継母《けいぼ》までが光源氏と恋愛関係を結びます。

優美で絢爛《けんらん》たる王朝生活を背景に、愛欲、嫉妬、姦通《かんつう》……。

まさに『源氏物語』は恋愛譚《れんあいたん》の坩堝《るつぼ》なのです。

それぞれの恋愛を、紫式部は興味本位に語るのではなく、光源氏の苦悩や姫君たちの葛藤《かつとう》を事細《ことこま》かに取り上げ、どうにもならない現実や無常観（一切のものは生滅流転《しようめつるてん》し、永遠に変わらないものはないと観ずる境地＝命のはかないこと）、さらに人間のエゴまでを白日《はくじつ》の下《もと》にさらけだしてみせます。

ただ、主人公の光源氏は類《たぐい》まれな美しさと才能をもつ汀優《みぎわまさ》り（きわだってまさっていること）の貴公子。どうしても彼中心の視点となるのが避けられません。

でも、せっかくこれだけ多彩な姫君が登場するのに、そのだれひとりとして主人公になれないのはもったいない話ではないでしょうか。

『源氏物語』の登場人物には、紫式部の周囲の女性たちが少なからず投影されているはずです。彼女がはばかって書かなかった事実もあるはず。

姫君たちにモデルがあったとしたら、きっと生身の女性の語りつくせない思いがあったにちがいありません。

いったい、姫君たちは光源氏のことを本当はどう思っていたのか。物語にあらわれない裏の事情があるのではないか。すげなく描かれた姫君たちの、秘められた思いはどんなふうであったのか……。

そこで『源氏物語』の設定や筋をいかし、光源氏をめぐる姫君たちの心の闇とその深層のあぶりだしを試みました。

本書を読まれて、浮かびあがってくる姫君たちのリアルな姿を想像していただけたら幸いです。

由良弥生

目次

本文イラスト○最上さちこ

光源氏をめぐる人物関係図

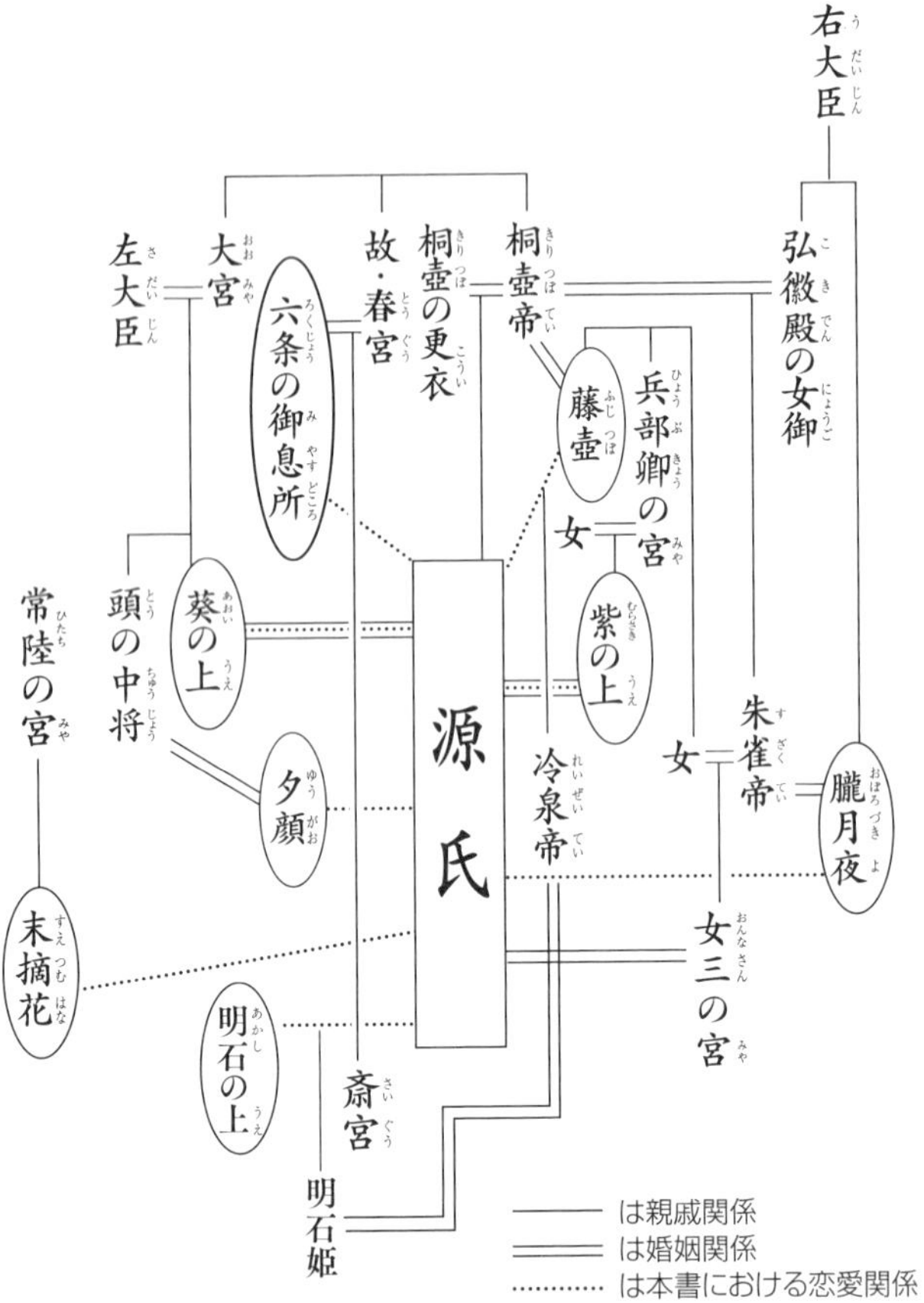

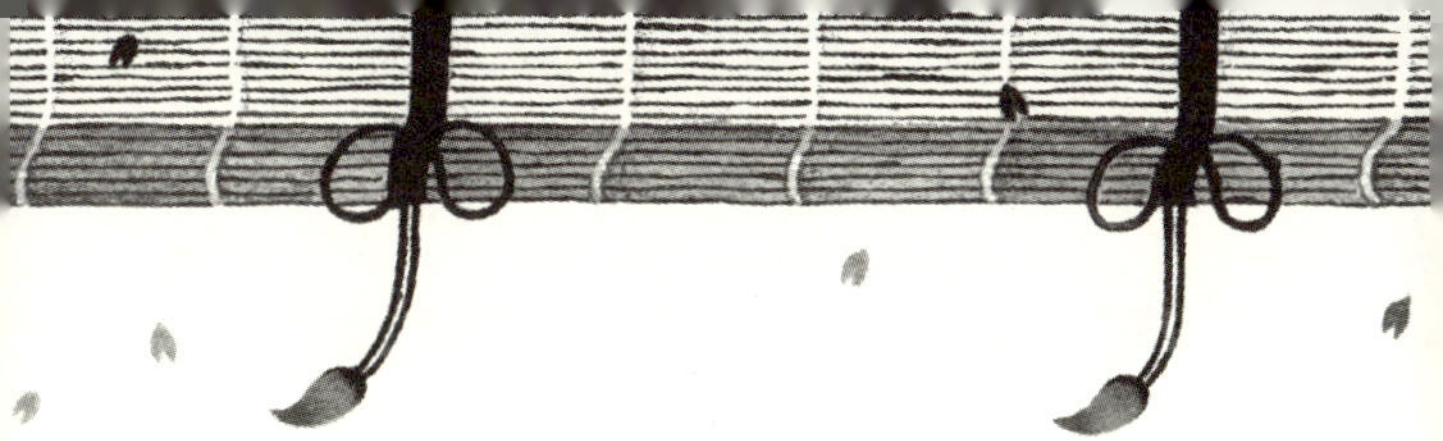

葵《あおい》の上《うえ》

早咲きの梅の古木が薄紅《うすべに》の花弁《かべん》を見事につけ、かぐわしい匂《にお》いをただよわせている。風に舞った花びらがやわらかな日ざしに煌《きら》めきながら、池の水面《みなも》や*渡殿《わたどの》にふりおちる。

三条にある左大臣家の庭はすっかり春化粧に彩《いろど》られていた。

その春めいた庭に一瞥《いちべつ》もくれず、一人娘の葵《あおい》は花びらを*袿《うちき》の裾風《すそかぜ》で散らすように渡殿を足早にとおりすぎた。部屋に這入《はい》ると、*女房《にょうぼう》に御簾《みす》をおろすようにいい、几帳《きちょう》の陰に座して大きなため息をもらした。

十六歳になる葵は、いま父の御座所《おましどころ》によばれ、源氏の*添《そ》い臥《ぶ》しをつとめるよう言い渡されたばかりだった。

左大臣を父に、帝《みかど》の妹君を母にもつ恵まれた血筋の葵は、もの心がついたときから、すえは*春宮妃《とうぐうひ》とかしずかれて育っただけに、父の言葉に心の動揺をおさえられないでいた。

半月後に元服式《げんぷくしき》を迎える十二歳の「光る君」は、桐壺《きりつぼ》の帝《みかど》から「源氏」の姓を賜《たまわ》り、臣下に下ろされていた。

（なぜ、春宮様でなく源氏の君と……。しかも、わたくしより四つも若い方と……）

葵の勝気そうな切れ長の目に、うっすら涙がにじんでいる。

葵は、いずれ華やかな内裏《だいり》で帝の寵愛《ちようあい》を一身に受け、ほかの女御《にようご》に先んじて皇子《みこ》を産み、左大臣家の期待に応えるという子どもの頃からの夢をにわかに断たれたのだった。

「そのような、うかない顔を父上にみせてはなりませんよ」

妹の様子うかがいにやってきた兄の頭《とう》の中将《ちゆうじよう》が、なだめるように声をかけた。

葵は平静を装い、毅然《きぜん》としていった。

「わかっています。いつだって父上の決めたことは絶対ですから」

そして、涙をみとがめられないよう視線をはずした。

長身の頭の中将は、立烏帽子《たてえぼし》の頭《かぶり》を横に傾《かし》げて鴨居《かもい》をくぐると、葵の真正面にゆっくり腰をおろした。

＊渡殿《わたどの》／渡り廊下　＊袿《うちき》／女性の平常着、男性の内着　＊女房《にようぼう》／宮中や貴人の家に仕える女性の総称　＊添《そ》い臥《ぶ》し／春宮、皇子などの元服の夜、公卿などの娘が選ばれて添い寝をすること　＊春宮妃《とうぐうひ》／皇太子（皇位継承者）の妃　＊内裏《だいり》／帝の住まいである宮殿、皇居　＊女御《にようご》／帝の寝所で仕える女性。中宮の次位、更衣の上位　＊立烏帽子《たてえぼし》／中央が高い普通の帽子

「父上にもお考えがあってのことだから……」

「ええ、わかっていますとも」

葵は兄の言葉を遮《さえぎ》った。

「いいから聞きなさい。たしかに右大臣家からそなたを春宮妃《とうぐうひ》にという要望があった。しかし、今回の添《そ》い臥《ぶ》しの件は主上《うえ》の思《おぼ》し召《め》しなのだ」

そう、頭《とう》の中将《ちゆうじよう》は冷静にいい、さらに諭《さと》すようにこうかたった。葵が右大臣家の要望どおり春宮妃にたち、左大臣家がその後《うし》ろ見《み》になれば、春宮の母親である弘徽殿《こきでん》の女御《にようご》の実家、右大臣家の権力が強くなりすぎる。それよりも源氏の君を左大臣家の婿《むこ》に迎え、左大臣家の将来を源氏の君にたくすほうが得策なのだ――。

「それに、源氏の君は主上の覚えがたいへんにめでたい。臣下に下ろされたのも、母君（桐壺《きりつぼ》の更衣《こうい》）を亡くし、後《うし》ろ楯《だて》のなくなった源氏の君を慮《おもんぱか》ってのこと」

「政《まつりごと》の話は女のわたくしにはよくわかりません」

葵は、頭《かぶり》をふった。

「子どもじみたことをいうものじゃない。結婚などしょせん家と家とのつながりなのだ」

兄は強い口調で妹を諫《いさ》めた。

頭の中将自身、政治上のかけひきの駒となり、右大臣家の四の君の婿におさまっている。葵はそのことに気づいた。

「なぁに、悲観することはないさ。親の決めた結婚であっても、男と女のいとなみにちがいはない。噂では、源氏の君は光るように美しいと聞くよ」

頭の中将は、余裕のあるふくみ笑いをうかべ、そのあと妹にそっと耳うちをした。

（まあ……兄上様ったら……）

葵は、はじめて聞く＊閨事《ねやごと》の内緒話に白い頬《ほお》を赤くそめた。


源氏の君の元服式は、春もさかりの吉日をえらんで執り行なわれた。＊申《さる》の刻《こく》になると、清涼殿《せいりょうでん》で＊加冠《かかん》の儀式がはじまった。桐壺《きりつぼ》の帝《みかど》の前に、源氏と加冠役の左大臣がひかえた。やがて大蔵卿《おおくらのかみ》の手で源氏の髪が削《そ》がれると、左大臣が源氏に冠をかぶせた。

その凛《りん》とした美しい源氏の立ち姿に、居合わせた者たちはみな息をのんだ。

＊閨事《ねやごと》／寝室での契り　＊申《さる》の刻《こく》／午後四時ごろ　＊加冠《かかん》／男子が元服してはじめて冠を着けること

この夜、源氏は左大臣家の邸《やしき》に婿として招かれた。

御座所《おましどころ》にならんで座したとき、葵ははじめて源氏を間近でみた。葵の母親は帝《みかど》の妹君なので、ふたりはいとこ同士になる。だが、源氏は帝の手元で育てられていたため、一度も顔を合わせることがなかった。

端整な横顔に、匂いたつような気品。十二歳といえども、帝《みかど》の御子《みこ》として育てられた者に特有の威厳がある。

(本当に神々《こうごう》しい方。この方が春宮《とうぐう》であったらどんなにいいか……)

葵の胸にふたたび無念がこみあげてきた。


その夜、邸は深い静寂《しじま》と闇におおわれていた。帳台《ちょうだい》の大殿油《＊おおとなぶら》の近くに、二つの夜具がととのえられた。

葵は源氏にむかって三つ指をつき、乳母《めのと》に教えられたとおりの挨拶をした。

「添《そ》い臥《ぶ》しをつとめさせていただきます」

葵が顔をあげて源氏を見やると、その顔は御座所とは別人のようであった。直衣《＊のうし》を脱いだせいなのだろうか。威厳も神々しさも失せ、あどけない十二歳の少年の顔である。しかも、その面《おもて》には心なしか寂しさが浮かんでいる。

（どうかなさったのかしら……）

葵は不思議に思って源氏に声をかけようとした。すると先手を打つかのように源氏が屈託《くったく》のない輝くばかりの微笑《ほほえ》みを投げかけてきた。葵は狼狽《ろうばい》し、口がきけなくなった。

（この方はどうしてこんなふうに微笑むことができるのかしら……。今宵《こよい》の意味をわかっていらっしゃるのかしら……）

葵の不安はすぐに現実のものとなった。枕をならべて横になっても、源氏は葵の体に手をふれようともしない。言葉をかけてくることもない。物思いに沈んでいるかのようにに天井をながめている。しばらくすると寝返りをうち、葵に背をむけてしまった。

（いったい、どうして……）

予想外のなりゆきだった。このままではいけないということは葵にも察しがつく。年上の者としての立場もある。帝の御子を婿にむかえての大切な夜が不首尾《ふしゅび》に終わっ

＊大殿油《おおとなぶら》／宮中の寝殿で用いる灯火　＊直衣《のうし》／天皇、上流貴族の常用着

ては、左大臣家としての面目《めんぼく》がたたない。

(でも、どうやって……)

葵は思案に暮れた。

将来の春宮妃《とうぐうひ》と目されていた葵は年頃になると厳しく男を遠ざけられた。閨《ねや》の密事《みそかごと》の話は兄や乳母《めのと》から多少は聞かされていたが、経験はない。

葵は意を決し、慣れない手つきで源氏の袿《うちき》を脱がせはじめた。

源氏はさして驚いた様子をみせず、葵にされるにまかせている。日頃、湯殿や衣裳がえで女房たちにつくされるのに慣れているためだろう。

葵はみずからも白地の単衣《ひとえぎぬ》と緋色《ひいろ》の単袴《ひとえばかま》を脱ぎすてて、白い肌を大殿油《おおとなぶら》にさらした。

そして源氏の手を自分の胸もとへと導いた。

源氏はまるで玩具《がんぐ》をもてあそぶかのように葵の乳房や太股《ふともも》に指をすべらせ、つまんだりはじいたりしていたが、しばらくすると息づかいが荒くなり、いきなり葵の体におおいかぶさってきた。

源氏の細い体は意外に重く、華奢《きゃしゃ》な葵はその重みを受けとめるだけで精一杯だった。

源氏は泣きだしそうな顔でがむしゃらに葵の乳房を貪《むさぼ》り、歯をたてる。その痛みだけが葵の体をかけめぐる。

源氏は葵の肌を一方的に求めた。取り残された葵は体を固くしてひたすら耐え忍んだ。兄から聞いていた甘やかさなど微塵《みじん》も感じられない。つみとられ、打ちすてられた花のように、心も体も傷つき、冷めていく。

そんな葵を感じとったのだろうか。源氏は言葉をかわすことなく葵に背をむけた。

葵はむなしい思いに耐えながら静かに単衣を身につけた。ふと見やると、源氏はやすらかな眠りに就《つ》いている。眠るどころではなかった葵は気を取り直し、つとめをはたすかのように源氏の体に大袿《おおうちき》をかけた。

そのときだった。源氏の目から涙がひとすじ頬《ほお》をつたい、その唇を濡《ぬ》らした。

(はて……夢でも)

見ているのかしらと思うまもなく源氏は、

「宮様……」

と、うわごとをつぶやいた。

にわかに葵の顔色が変わった。

(わたくしはあなたの継母君《ははぎみ》なんかじゃないッ)

怒りをあらわにしていた。まわりの者にかしずかれ、わがままに育った葵には、他人の悲しみを思い、自分の袖に包み込むという優しさが育《はぐく》まれていない。

葵は源氏の歯形の残る乳房にそっと手をふれてみた。その胸は痛みと悲しみ、それに屈辱にふさがれていた——。

こうして所顕《ところあらわし》（披露宴のようなもの）をすませ、三日夜餅《みかよのもちい》を食し、晴れて正式な夫婦になったものの、葵は源氏に、源氏は葵に、うちとけることはなかった。

（源氏の君にはなにも期待しないでおこう……）

しょせん形だけの夫婦——。そう、葵は思うことにした。けれども、婿が居《い》つくようにという願いをこめて初夜に源氏の履《くつ》（履き物）を抱いて寝た父のことを思うと、それを口にはだせなかった。いっさいを胸に深くしまいこんだ。

葵は二十三歳の春を迎えた。

三条の左大臣家は、源氏の君の後《うし》ろ見《み》として季節ごとの装束はむろん、日常の品々まで落ち度のないようこまごまと世話をした。けれども源氏は居つかず、礼を逸《いっ》しない程度にしか姿をみせなかった。

如月十余日《きさらぎじゅうよにち》の昼さがり――。左大臣家の三人の女房《にょうぼう》たちが端近《はしぢか》によりあい、源氏の噂をささやいていた。

「殿は、いまも六条《ろくじょう》の御息所《みやすどころ》様のもとにお通いになっていらっしゃるのかしら」

「かれこれ二年、長いおつきあいですこと。六条の御息所様といえば、殿より七つほど、お年が上だというのに」

「殿は年上の女性《にょしょう》がお好みなのかしら。そういえば、一昨年《おととし》の夏、殿がご執心だった五条の姫君も二つ年上だったそうよ」

「あら、去年《こぞ》の冬に殿が二条の院にむかえた姫君は十ばかりの少女だと聞いていますわ」

「殿が六条に通うのは、年齢ではなく別のわけがあるのですよ。なんといっても先の春宮妃《とうぐうひ》ですもの。たいそうお美しくて、教養も深いお方でいらっしゃるそうよ」

ささやきあう女房たちの声は、少し離れた部屋の几帳《きちょう》の陰で空薫《そらだ》き物《もの》の支度をしている葵の耳にもとどいていた。

側《そば》にひかえている女房は気をもむが、葵は顔色ひとつかえず香を選んでいる。

（また口さがない噂話に夢中になって、しかたのないこと……それにしても）

源氏の君のお渡りが少ないから陰口をたたかれるのだ――。そう、葵は思う。

源氏の色好みの噂が女房《にょうぼう》たちの口《くち》の端《は》に上るのは珍しくない。そのたびに葵は正妻としての自分が蔑《ないがし》ろにされる苦い思いをするが、その思いが高じて嫉妬《しっと》に悩むということはない。

葵は、源氏と夜を過ごす女人《にょにん》たちを羨《うらや》ましく思わなかった。むしろ気の毒にさえ思った。添《そ》い臥《ぶ》しをつとめた夜の、あの惨《みじ》めな気持ちを、ふたたび味わう気にはなれなかった。

(兄上は、母親を早く亡くした男は女にその面影を求めるものだという。六条のお方は、きっとその役目を果たしているのだわ)

すでに一女《いちじょ》の母である臈《ろう》たけた未亡人にはそれがお似あいだろう、と葵は思った。

(でも、わたくしはごめんこうむりたい……)

つれそって八年、葵は両親の手前、源氏がかよってくれば寝所《しんじょ》をともにするが、交わりはなにかと理由をつけて拒みつづけた。それを源氏もとがめなかった。そして二人して口をつぐんできたので、左大臣の父親や兄の頭《とう》の中将《ちゅうじょう》も、葵と源氏の夫婦関係の本当の姿を知らない。

その日の夕刻、内裏《だいり》から帰ってきた左大臣の父親が葵をよんだ。

父親は上機嫌だった。

「いやいや、まことにめでたい。藤壺《ふじつぼ》の宮《みや》様が男御子《おとこみこ》をお産みになったそうだ。帝《みかど》はたいそうお喜びで、源氏の君に、御子の後ろ見《うしろみ》をお命じになったようだ。これで、左大臣家の将来はますます頼もしくなった」

「本当におめでたいことです」

という葵の言葉に抑揚《よくよう》がない。

「これで、そなたが子を産んでくれたら、いうことはないのだが……」

「いたりませんで……」

父の心中は痛いほど察せられる。源氏の子を産めば、父は帝の孫の外祖父《がいそふ》となってさらに帝との結びつきを強められる。だが、これればかりは父の意にそえないと、葵は思う。

翌日、久しく姿を見せなかった源氏が左大臣家を訪れてきた。帝の御子の後ろ見役をおおせつかった報告をしにきたのだった。

葵は父によばれ、源氏が待つ御座所《おましどころ》に出むいた。いったんは気分がすぐれないと断ったのだが、この日の父親は娘の勝手を許さなかった。仕方なく葵は出むいたのだった。

昨秋の*除目《じもく》で正三位《しょうさんみ》に就《つ》いた源氏は直衣《のうし》姿も一段と落ちつきをまし、くつろいだ雰囲気で父親と談笑している。

その源氏の前に進みでると、葵は後《うし》ろ見《み》役のお祝いの口上《こうじょう》をていねいにのべた。

儀礼的に返礼する源氏の顔をあらためて見つめた葵は、そのまなざしに重い翳《かげ》りのようなものを感じとった。

（はて……幼い頃から仲のよい藤壺《ふじつぼ》の宮《みや》様のご出産を心から喜んでいらっしゃるはずなのに……）

葵は小首を傾《かし》げた。

顔を合わせればいつも源氏は、隙《すき》のない華やかで明るい笑みをむけてくる。しかし、この日の源氏の目は赤く腫れ、まだ乾《かわ》ききらない涙にうっすら濡《ぬ》れているようであった。

（なぜ……）

葵は訝《いぶか》しげに源氏を見つめなおしていた。

東山の紅葉《もみじ》が色づきはじめ、星が冴《さ》え冴《ざ》えと輝く季節がめぐり、葵は二十五歳の秋をむかえていた。この年、源氏は二十一歳の若さで大将《だいしょう》に抜擢《ばってき》されていた。

その日、気分が悪いからと寝所に閉じこもっている葵を、源氏が見舞いにきた。

源氏は這入《はい》ってくるなり、几帳《きちょう》をのぞきこむようにしていった。

「失礼しますよ。お加減はいかがですか」

「まあ、ずいぶんとお久しぶりでございますこと」

葵はとりすました様子でこたえた。口ではつれないことをいっていても、いつ婿が訪れてきても不自由のないよう、調度や夜具などに心くばりを欠かしたことはない。

「また、そのような冷たいお言葉を……」

源氏はやれやれという顔をつくりながら、葵の側に座した。

「せっかく、こうして世にも認められた夫婦として、月日を重ねてきたのですよ。どうか、もう少しうちとけてくださいませんか」

源氏のもの慣れた口調は会うたびに磨きがかかっていくようだと、葵は思った。

＊除目《じもく》／官吏を任命する儀式

いつもは適当にあしらい、源氏の言葉を聞き流す。さほど源氏に興をおぼえなかったし、殿方には口答えをせぬよう躾《しつ》けられてもいるからだ。

しかし、この日は何かちがい、引っかかりをおぼえた。源氏の表情にやるせないような色が浮かんでいる。葵は遠まわしにあてこすりをいった。

「あなたが、六条やら二条やら、はてはどこのだれとも素性の知れぬ女人《にょにん》のもとにまでお通いになって、お忙しくなさっているとうかがい、こうしてご遠慮申しあげておりましたのに……。いまさら見捨てた妻のもとに、なにをしにいらしたのでしょうか」

源氏はたじろいだ。感情の色を面《おもて》にださない、いつもの葵とは別人であったからだ。

「ではあなたは、すべてはわたくしの責任だとおっしゃるのか。こうしてあなたのもとを訪れてきても、会ってもいただけないことが多いのを、つらく思っていたのですよ。もっとあなたとうちとけて、心の通いあう夫婦になりたいと思っているのに」

「お言葉ではなんとでも……」

葵はきりかえした。すると源氏は、

「言挙《ことあ》げ（言葉に出して言い立てること）だけではご不満か。では今宵《こよい》こそ、ともに夜をすごそうではないか」

　というなり几帳《きちょう》を押しのけ、葵の腕をつかんで引きよせた。

「なにをなさいます。いや……乱暴はおやめになってくださいッ」

「もっと大きな声をだしてごらんなさい。だれもきませんよ。わたくしたちは世に許された夫婦なのですから」

　源氏は力を弛《ゆる》めず、葵に挑発的なまなざしを向けている。今までに見せたことのない、言いようと行ないだった。

「おとなしくなさい」

「いけません。わたくしなどもう……」

　葵はとっさに大袿《おおうちき》を頭から被《かぶ》った。容姿の衰《おとろ》えが気になって肌を晒《さら》したくなかった。けれども源氏はたちまち大袿を払いのけると、

「なぜ、隠すのですか。あなたは若くて美しい。男に愛《め》でられ、もっと美しく輝く姿を見たいのです」

　言葉巧みに葵をなだめながら、袿《うちき》をはいでいく。そして刷《は》くように葵の肌に指先をすべらせる。葵は抗《あらが》わなかった。源氏の乱暴な言いようとは裏腹に、その指先にはか

って味わったことのない温かみと優しさがあった。

いつしか葵は深いため息に似た低声《こごえ》をもらしていた。その息づかいをうかがうようにしてくりかえされる源氏の愛撫《あいぶ》に、葵はうちのめされる。二人して褥《しとね》に横たわったのさえおぼえていない。源氏の指先が花芯《かしん》を探りあてる頃には、葵は力のぬけたあられもない白い肢体《したい》を大殿油《おおとなぶら》にさらしていた。


明けきらぬ翌朝――。葵が目覚めたときにはもう源氏の姿はなかった。褥にうつった源氏の残り香がいちずに愛《いと》おしい。葵は褥に顔をうずめて、その匂《にお》いを吸いこんでみる。

(あのお方が、あれほど大人になられていたとは……)

添《そ》い臥《ぶ》しの床で互いに傷つけあって途方に暮れていた自分たちの姿がよみがえる。

葵はこの十年の歳月を思った。

(いつのまに……女人《にょにん》のすみずみまでを知りつくしたような慰め方を……)

いったいどなたに教わったのかしらと、葵は思案をめぐらさないではいられなかった。

ひと頃、女房たちがしきりに口《くち》の端《は》に上らせていた女人たちの名が脳裏に浮かんでは消える。

（六条《ろくじょう》の御息所様《みやすどころ》……）

そうつぶやくと、不意にせつなさがこみあげてくる。

（あの方に手ほどきを……）

未亡人が少年を男にかえていく、その甘く淫靡《いんび》な時間を葵は思う。すると夕べの源氏の愛撫が、甘いささやきが、甘やかな所作《しょさ》が、鮮やかによみがえってくる。ふたたび波が押しよせ、体がしびれ、深い快感が全身を激しくかけぬける。その激しさが、嫉妬《しっと》の炎となって葵の胸を焦《こ》がす――。

葵ははじめて、恋する女の苦しみを知った。

（あの方を六条の方に渡したくない）

六条の御息所は葵より三つ年上で、しかも身分は葵より高い。源氏がうつつをぬかす若い姫君《ひめぎみ》たちとはわけがちがう。

（あの方だけには負けたくない……）

葵は生まれてはじめて激しい敵愾心《てきがいしん》を燃やしていた。

その日を境に、葵は慎ましく、物腰やわらかく、なにごとにも源氏をたてるようにふるまった。寝所では身も心も捧げるようになった。

こうして二人の間にあったぎごちなさは消え、三条の左大臣家を訪れる源氏の回数はしだいにふえていった。


年の瀬もせまったある日の午後——。

葵は源氏の新しい衣裳をととのえながら、

(なにかが足りない……)

そう、思った。この三カ月、たしかに逢瀬《おうせ》はふえた。一緒に過ごせば、源氏は礼をつくした態度で接してくれる。だが、

(いまひとつ、あの方の心のなかが見えない気がする……)

葵はなんとなく満ち足りないものを感じはじめていた。

(あの方の忍び歩きもやむ気配がない。そのなかには六条《ろくじょう》の御息所《みやすどころ》様との逢瀬もあるにちがいない……どうしたら、わたくしだけにつなぎとめておくことができるのだろうか)

葵は手にした衣裳の端を知らず握りしめていた。

庭の梅の古木に、雪がちらつきはじめていた。

その日の夕暮れ、三条の左大臣家に源氏が顔を見せた。

夕餉《ゆうげ》をとりおえると源氏は、左大臣や葵を前に藤壺《ふじつぼ》の宮《みや》が産んだ弟宮の話をもちだし、歩きはじめてとても愛らしいと、しきりにその様子を語った。

女人《にょにん》のもとをわたり歩く色好みの源氏が子ども好きとは意外であった。そう思ったとたん、

（子どもだわッ）

葵は思わず声をあげそうになった。

（六条の御息所様がどんなに美しく高貴であっても、また風流を解する人でも、先の春宮妃《とうぐうひ》という立場上、あの方のお子を産むことはできない。しかも……）

あの方は多くの女人と浮名《うきな》を流しながら、まだわが子を抱いていない——。

（そうよ、子どもだわッ）

＊忍び歩き／身分の高い人が他人にその人と知られぬように外出すること

源氏の心をつかむ切り札を探しあてた思いがし、葵は目を輝かせていた。

その日から葵は源氏の子を身ごもることばかりを考えて暮らすようになった。子宝を授かる効き目のある霊水があると聞けば、密《ひそ》かに人をやってそれを求めた。また、子宝を授かるという経《きょう》を朝晩読んでは、怪《あや》しげな札《ふだ》を褥《しとね》に貼って願《がん》をかけたりした。


年が明けて、朱雀帝《すざくてい》の御代《みよ》となった早春、葵は懐妊した。

だが、父親である左大臣の並外れた喜び方にくらべると、源氏の喜びは葵が想像していたほどではなかった。それでもたびたび自分を見舞いに訪れる源氏の顔を見ると、葵は満たされる思いにひたることができた。

けれども、その思いにひたれていたのもつかのまであった。つわりがただならぬ様子で、ものを食べることもできなくなり、顔から生気が消えていった。葵の平癒《へいゆ》を願って毎日のように修法《ずほう》（加持祈禱《かじきとう》などの法）が行なわれたが、いっこうに効きめがない。

ある夜――。苦しさに疲れはてた葵が浅い眠りに就《つ》くと、夢枕に美しい女人《にょにん》があらわれ、じっと葵を見つめている。

「うん……あなたはどなた」

　声をかけると女人はスッと消え、葵は目をさます。そんなことがたび重なるうちに女人の正体は六条《ろくじょう》の御息所《みやすどころ》様ではないかと、葵は思うようになった。

（あの方は、わたくしが身ごもったのが憎くてしかたないのにちがいない）

　身分にも美貌にも恵まれ、望んだものすべてを手にしてきた女が、敗北を認めなければならない事態にぶつかったとき、どんなに口惜《くちお》しいか。葵には、六条の御息所の胸中が手にとるようにわかる。

　ある晩、葵は夢枕にあらわれた女人にむかって声をあらげてこういう。

「毎晩、夢枕にたって、わたくしを呪い殺そうとでもいうのですか、六条のお方ッ」

　すると女人はキッと葵を睨《にら》みつけ、フッと姿を消した。

　それからしばらくすると、葵のつわりは嘘のように軽くなった。

（ああ、やっぱり、あの方だったのだわ）

　憔悴《しょうすい》しきった葵の顔にようやく安堵《あんど》の色が浮かんだ。

　花菖蒲《はなしょうぶ》が美しく咲き乱れる季節になった。葵祭《あおいまつり》に先立つ賀茂《かも》の斎院《さいいん》の禊《みそぎ》の日が近い。

源氏は勅使《ちよくし》として供奉《ぐぶ》行列に加わることが決まった。

その日、葵の容態《ようだい》は小康《しようこう》状態にあった。邸《やしき》の女房《にようぼう》たちはさかんに源氏の君の供奉《ぐぶ》姿《すがた》を見にいくことを葵にすすめた。葵は出歩きたくなかったのだが、母もすすめるので出むくことになった。

賀茂神社につづく二条大路はどこも物見《ものみ》の人や牛車《ぎつしや》であふれていた。急な思いたちであったため、出遅れた葵の一行は車をとめる場所が見つからない。

「すごい込みようだ。これでは、車をとめられない」

「ええい、しかたない。その辺の身分の低そうな車を全部どけてしまえッ」

「さあ、どいたどいた。こちらは、貴いお方の御車《みくるま》だッ」

左大臣の娘で、源氏の正妻であるお方をのせていると思うと、供人《ともびと》たちの気も大きくなる。すでにならんでいた物見の車を無理矢理に動かしはじめた。ほとんどの車が場所をゆずったが、どうしても動こうとしない車がある。その車の供人が、

「おやめなさいッ。こちらには貴いお方がのっておいでだ。蔑《ないがし》ろにしてもよいようなお方ではないッ」

と、声をはりあげた。よく見ると、ことさらに忍んだ様子の網代車《あじろぐるま》の御簾《みす》から、身

分の高い人のものらしい美しい裳裾《もすそ》がのぞいている。

（ははん、これはきっと六条《ろくじょう》の御息所《みやすどころ》の車だ）

そう見てとった葵の供人たちは、酒の勢いも手伝ってか、相手の車の轅《ながえ》*を置く台を壊すという暴挙にでた。

「無礼者、なにをするッ」

「こちらは源氏の殿の御正室《ごせいしつ》の御車だ。側女《そばめ》の立場で偉そうにふるまうからよッ」

葵の供人が大音声《だいおんじょう》をはりあげた。そのため車争いの相手は六条の御息所の車であることが、物見の人々に知れてしまった。

御息所はただちにその場を立ち去りたかった。

しかし、身動きができないほどの混雑だったので立ち去ることができず、物見の人々の好奇の目にさらされた。

（なんとお気の毒なこと……）

六条の御息所ほどの身分の者にとって、それがどれほどの屈辱なのか、葵には察せ

＊勅使《ちょくし》／勅命《ちょくめい》を受けた使い　＊供奉《ぐぶ》／高貴な人のお供をすること　＊轅《ながえ》／牛車《ぎっしゃ》の前に長く出した二本の棒

られる。けれども心とは裏腹に、葵の表情はどこか晴れ晴れとしていた。

やがて、飾りたてた牛車《ぎっしゃ》に礼装の供の者たちをしたがえた華やかな行列が近づいて来た。

源氏は冠に賀茂《かも》葵《あおい》（アオイ科の植物）の蔓《つる》をあしらった束帯姿《そくたいすがた》で馬にのり、供奉《ぐぶ》していた。その美しさは格別で、物見の人々からどよめきが起こった。

馬上の源氏は六条《ろくじょう》の御息所《みやすどころ》の車に気づかず素どおりしたが、葵の車の前では畏《かしこ》まって会釈《えしゃく》をした。そのため六条の御息所は物見の人々の失笑をかった。優越感をおぼえた葵は、正妻の自分がこのようなあつかいをうけるのは当然だと思いながら邸《やしき》へ戻った。

その夜――。葵の容態が急激に悪化した。つわりの症状が前にもましてひどくなり、激しい吐き気が一晩中つづいた。

二条大路での車争いを知っている女房《にょうぼう》たちは、女主人《おんなあるじ》の苦しみは六条の御息所の生《い》き霊《りょう》の仕業《しわざ》ではないかとささやきあった。

秋風がたちはじめた頃、まだ月数が満たないというのに、葵は急に産気づいた。

左大臣家では几帳《きちょう》から屛風《びょうぶ》まで白地のものにとりかえ、女房たちは白装束《しろしょうぞく》にあらため、葵の初産《ういざん》にそなえた。

だが、葵の苦しみははなはだしく、いよいよ物の怪《もののけ》が暴れだしたのかと女房たちは色めきたった。ただちに名だたる加持僧《かじそう》がよび集められた。芥子《けし》の実の＊護摩《ごま》を焚《た》いて祈禱《きとう》がはじまると、＊憑坐《よりまし》に物の怪がのりうつり、苦しがるという騒ぎになった。祈禱は夜を徹して行なわれたが、葵の苦しげな呻《うめ》きはおさまらない。

加持僧は、葵の体からどうしても離れない物の怪がいるという。その物の怪が葵の髪をつかみ、体をゆさぶり、首を絞《し》めようとしているのだろうか。葵は髪をふり乱し、体を震わせ、息ができないといってのたうちまわる。

このとき、葵のまぶたの裏には六条の御息所の姿が見えていて、

（負けないわ、あなたにはッ）

そう、叫んでいるかのようであった。

＊護摩《ごま》／炉を設けて木を焼き、その火で煩悩《ぼんのう》・魔障《ましょう》を焼き滅ぼすまじないとする　＊憑坐《よりまし》／霊をのりうつらせる媒体となる人

夜明け近くになると、ついに力が萎《な》え、葵は気を失った。

「しっかりしてくださいッ」

葵の側についていた源氏が必死に声をかける。すると葵はうっすら目をあけ、自分の首に手をやりながら、さめざめとすすり泣きだした。その顔はまったく異様で、血の気も失せている。

「大丈夫ですよ。気弱になってはいけない。もうすぐ、ご気分もよくなるでしょう」

源氏はやさしく励ます。

「いいえ、そうではないの。調伏《ちょうぶく》の声があまりにも大きいので苦しくて……」

(はて……いま、なんと)

怪訝《けげん》な顔をする源氏に、葵は突然、こう口をききだした。

「しばらくご祈禱《きとう》を弛《ゆる》めてくださいませ。わたくしは苦しくてなりません。こんなところへ姿を見せるのは本意ではございませんが、物思いをする人の魂は身から離れ、彷徨《さまよ》うことがあるのです」

葵の伏し目がちなまなざしと口調は、まさに六条《ろくじょう》の御息所《みやすどころ》そのものである。

源氏はたじろぎながら葵を抱《だ》きおこすと、

「あなたは、どなたです。名をいってごらんなさい」

そう、問いただす。

「あなたを思うあまり、こうして魂が身から抜けでてここまで来てしまいましたの」

婉然《えんぜん》と微笑みながら源氏にしなだれかかった。葵がけっしてしない仕種《しぐさ》である。

(この女は……)

源氏はあまりのことに体の震えがとまらない。口調や仕種、なにをとっても六条の御息所を思いおこさずにいられなかった。

しばらくすると、葵はひときわ苦しげな声をあげた。激しい陣痛に襲われたのだろう。介添《かいぞ》えの女房《にょうぼう》が抱きおこすと、ほどなく子が産まれた。源氏によく似た美しい男の子であった。

赤子は鴨川の水の産湯《うぶゆ》につけられ、清められた。後産《あとざん》をうながす甑《こしき》落としや、*散米《うちまき》などがにぎやかに行なわれた。物《もの》の怪《け》騒ぎがうそのように三条の左大臣家の邸《やしき》は喜び一色に彩《いろど》られた。


*散米《うちまき》／悪霊よけのまじないとして米をまくこと。打《う》ち撒《ま》き

子は夕霧《ゆうぎり》（のちの左大臣）と名づけられた。

源氏は毎日のように左大臣家を訪れ、産後の葵を見舞い、そしてあきることなく夕霧を抱きあげては、秋の庭をながめていた。その姿を見ているだけで源氏の気持ちが伝わってくるようであった。葵ははじめて源氏と心が通いあった気がし、喜びをかみしめた。


ある日のこと——。夕霧を抱き上げていた源氏が不意に涙ぐみ、

「なんとよく似ているのだろう……」

と、つぶやいた。

「はて……どなたにですか」

そういって葵はまじまじと源氏を見た。

「春宮《とうぐう》（のちの冷泉帝《れいぜいてい》）にですよ……」

答えた源氏の顔色が、にわかにかわった。明らかに動揺している。

「先帝と藤壺《ふじつぼ》の宮《みや》様の……小さい皇子《みこ》様ですか」

葵が藤壺の宮の名を出すと、

「ええ。でも春宮は私の異母弟《おとうと》ですから、似ていて当然ですね」

そう、とりつくろうように源氏はいい、

「では、今日は秋のお召しがありますのでこれで失礼します。また参りますから」

と、夕霧を葵にあずけ、そそくさと部屋を出ていった。

葵はいつものように源氏を見送った。けれども心に引っかかるものがあり、胸にざわめきがおこる。

（夕霧が春宮様に似ているからといって……）

涙ぐむほどのことだろうか――。

日頃から源氏は葵の前で怒りや悲しみを露《あらわ》にしない。いつも輝くばかりの笑顔でいる。源氏が葵に涙を見せたのは数えるほどしかない。

（そう、あれはあの方とはじめて結ばれた夜……それと、藤壺の宮様が御子《みこ》をお産みになられたときだった。あのとき、あの方は悲しいような苦しいようなお顔をして沈んでいた……）

このとき葵は理由《わけ》がわからず、訝《いぶか》しむだけだった。しかしいま、その霧が徐々に晴れていくような気がする。

（もしや……あの方が心から想いをよせているのは、藤壺《ふじつぼ》の宮様《みや》……）

そうだとしたら、元服の夜の源氏の君の憂《うれ》いもわかる。その日を境に男の子は大人としてあつかわれるので、藤壺の宮様の御簾《みす》のなかには入れてもらえなくなる。あの夜の涙とうわごとは、藤壺の宮様を深く慕《した》っていた証《あかし》ではないのか――。

（だから内裏《だいり》にばかり入りびたって、わたくしの家には来なかったのだろう）

そういえば父もよく、春宮《とうぐう》のお顔は源氏の君に瓜《うり》ふたつだといっていたが……春宮が産まれた日の、あの方の苦しいような悲しいような表情は……藤壺の宮様とのおたわむれがあったからかもしれない。でも、まさか義理とはいえ母君と契《ちぎ》るなんて――。

葵は恐ろしくなった。けれども打ち消そうとすればするほど、その思いが浮かんでくる。

罪の意識と裏腹の、源氏の春宮への篤《あつ》い思いを知るにつけ、葵は気も狂わんばかりに怒りと嫉妬《しっと》の炎を燃え上がらせた。炎は一気に葵の体を焼きつくす。

「おおおお……ッ」

葵はこみあげてくる慟哭《どうこく》を、袿《うちき》の袖《そで》に顔を埋《うず》めておさえようとする。けれども乾いた嗚咽《おえつ》があとからあとから押しよせてくる。呼吸《いき》もできないほどの葵はやっとのことで寝所に這入《はい》り、褥《しとね》に横たわった。すると、ふたたび六条《ろくじょう》の御息所《みやすどころ》があらわれる。

「待って。わたくしではない。あの方の想い人も、最初のお子を産んだのも……」

だが、六条の御息所はスッと白く長い腕をのばして葵の細い首をつかんでこういう。

「口惜《くちお》しい……。あのお方は冷たい妻には心をかけていないとおっしゃっていたのに……当然のような顔をして子を産むなんて、許せない。今度こそあなたのお命をいただくわ」

　葵の首をつかむ手に力がこもる。

（息が……息ができない……ッ）

　葵の手が、むなしく宙をつかむ。もう怨霊《おんりょう》と闘うだけの気力は残っていなかった。

全身の力がぬけ、涙がひとすじ頰を伝っておちる。

（口惜《くちお》しい……口惜しい……口惜しい……）

　悲鳴のような女の声が葵の脳裏にこだまする。

　それが六条の御息所《みやすどころ》の声なのか、自分の声なのか、遠のいていく意識のなか、判然としないまま葵は息を引きとった。

初夜のわだかまりが尾をひいた正妻との冷たい関係

■解説――葵の上と光源氏

葵《あおい》の上《うえ》は、光源氏にとって最初の正妻です。

家柄にも容姿にも恵まれた申し分のない姫君《ひめぎみ》と帝《みかど》の寵児《ちょうじ》の結婚は、この上なく理想的にみえます。

しかし、ふたりの関係は冷《さ》めきったものでした。理由は、年上で気位の高い葵が源氏にうちとけようとしないためと、原典では描かれています。

ふたりの結婚は政略結婚でしたが、これは当時の貴族社会では珍しくなく、左大臣家の葵が、自分の役割を理解していなかったとは考えられません。にもかかわらず葵は、源氏に高慢で冷淡な態度をとります。これには相当の理由があったのでしょう。

本書では、源氏との結婚を葵がどう見ていたのかを追い、なぜふたりの結婚は不幸に終わったのかを推察しました。

葵十六歳、源氏十二歳の年に、ふたりは結婚します。この時代、身分の高い男性ほど早く元服《げんぷく》したため、添《そ》い臥《ぶ》しをつとめる女性の多くが年上でした。『源氏物語』のなかでも、春宮《とうぐう》が十二歳、姫君が二十四歳という組み合わせもありますから、葵が例外的に年上だったとはいえないでしょう。

しかし、葵は自分が源氏より年上ということにこだわります。当時十五歳の春宮と結婚するつもりでいた葵には、源氏の幼さが余計に目についたのかもしれません。さらに、源氏の幼さを印象づける、何かがあったのではないでしょうか。本書では、それが初夜の不首尾ではないかと仮説をたてました。

葵は娘ざかりですが、春宮のお妃《きさき》候補として清らかに育てられ、男性との接触は制限されていたと推測されます。生娘《きむすめ》だったかもしれません。しかし、十二歳の少年が相手ですから、葵がリードする役にまわらなくてはなりません。葵がすでに子どもを産んでいる夕顔《ゆうがお》や六条《ろくじょう》の御息所《みやすどころ》のような経験豊かな女性なら状況はちがっていたでしょうが、経験のない姫君には、少年を導く役はつらいものだったはずです。ふたりがうまく結ばれた確率は低く、たとえ結ばれたとしても、葵が源氏に頼もしさをおぼえることはなかったと思われます。

初夜の悪夢が尾をひき、葵は源氏に男としての魅力を感じることなく歳月を重ねていきます。

そして転機が訪れます。葵の懐妊《かいにん》です。

冷たい関係のふたりに、なぜ子どもができたのか。その経緯は想像です。たまたま肌を合わせたところ、葵は源氏の成長に驚き、そして心ひかれ、源氏の子を産みたいと願う、そんなふうに補ってみました。

この頃から、ふたりは本来の夫婦らしさをとり戻していきます。しかし、源氏を愛することは、必ずしも葵に幸せをもたらしませんでした。

葵の死は、原典では六条の御息所と思われる生き霊《い りょう》（怨霊《おんりょう》）の仕業《しわざ》となっています。本書では、これを葵の幻覚としてあつかいました。つまり、六条の御息所の嫉妬《しっと》と恨《うら》みをかっているという意識が、葵に生き霊の幻覚をみせたのです。葵の直接の死因は、心労と出産にともなう衰弱だったと思われます。

葵は生き霊に負けず出産し、いったんは回復の兆《きざ》しをみせますが、数日後、御《ご》所《しょ》へ参内《さんだい》する源氏を見送ったあと、急死します。この出産から葵の死にいたるまでのふたりの様子は、原典におけるもっとも美しい場面といえるでしょう。

夫婦らしさをとり戻すと、妻は愛人の生き霊に悩まされ、夫婦の心が通いあったとたん、妻は命をおとす。これは暗示的です。

葵は、源氏を愛したがために新たな苦しみを知ります。源氏と心が通いあい、相手の心に誰が棲《す》んでいるかを察してしまったとしたら……。葵は大きな悲しみに打ちのめされ、気力が萎《な》えてしまったのではないでしょうか。

少年の日以来、源氏の心に棲んでいたのは藤壺《ふじつぼ》の宮《みや》だったのですから。

藤壺
ふじつぼ

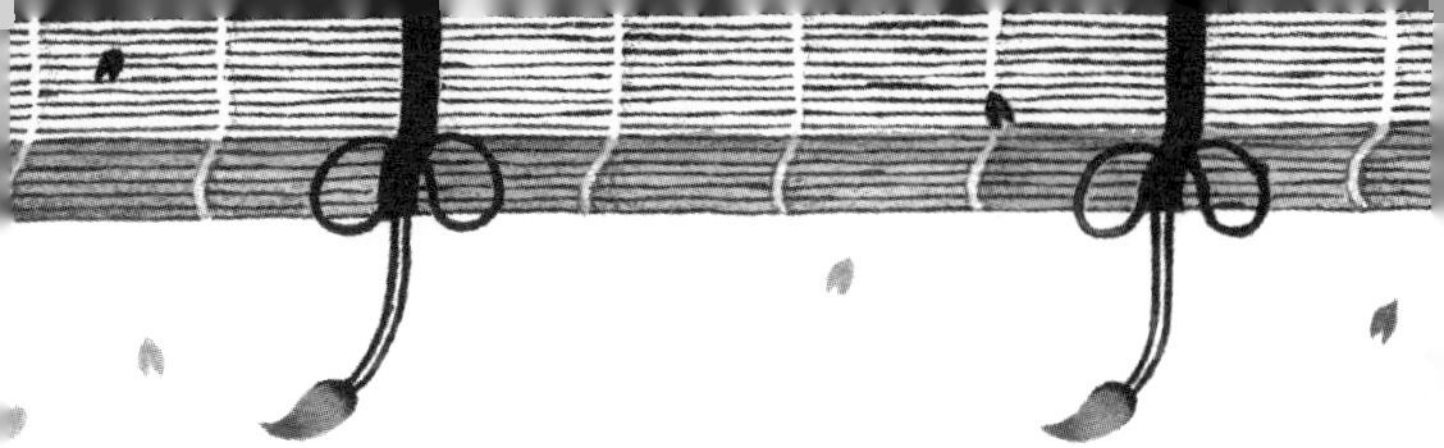

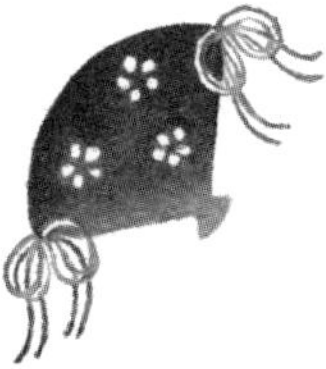

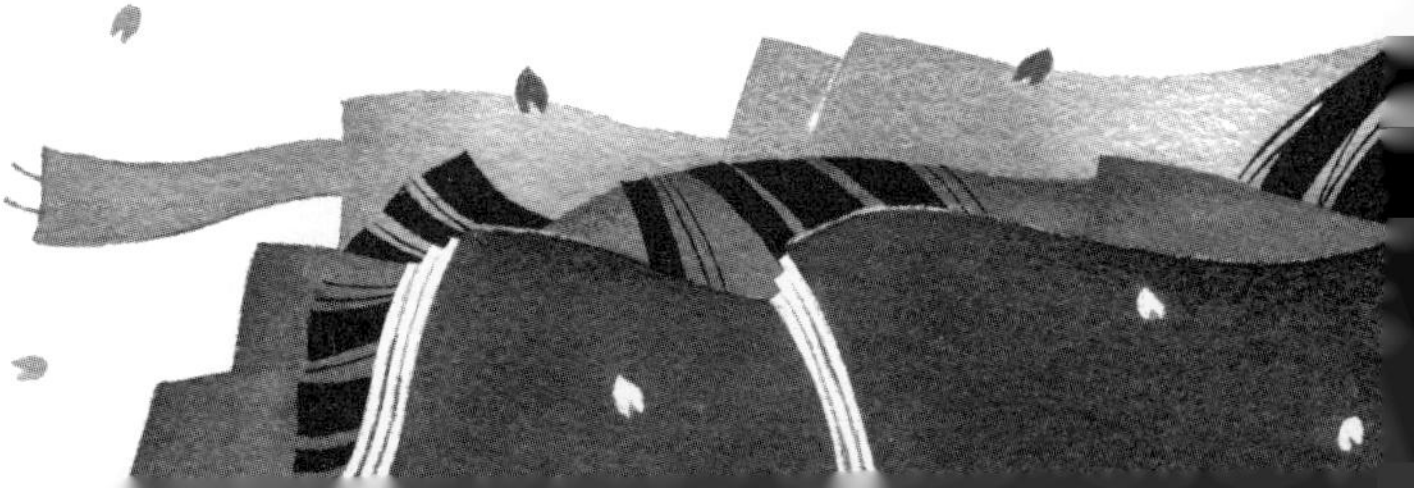

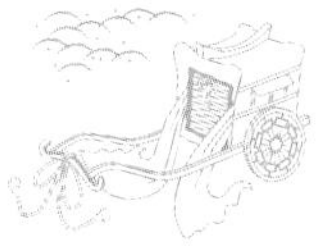

いま、*入内《じゅだい》の準備が着々ととのえられていた。

故・按察使大納言《あぜちのだいなごん》の妻、北《きた》の方《かた》の心は複雑な思いにとらわれていた。

（亡き夫の遺言とはいえ、わたくしはわが娘にむごいことをしているのではないだろうか？）

金糸《きんし》を縫いこんだ朱の唐衣《からぎぬ》を身にまとった娘の、あでやかな立ち姿を見つめる北の方の胸には喜びよりも不安が渦巻いていた。娘の入内を心まちにしていた大納言が急死したいま、北の方は有力な縁戚もない娘を宮中にあげるのがためらわれた。

後《うし》ろ見《み》がいてこそ宮中という華やかな世界を泳ぎきることができる。衣裳も調度《ちょうど》も、そして栄誉を担《にな》うためにも、それに見合う財産が必要である。

（いまのわが家には荷が重い……）

だが、いまさら入内をとりやめることはできない。娘の入内は亡き夫の悲願でもあった。北の方はふっとため息をついた。

「母上、ご案じなさいますな」

母の思いを断ちきるかのように、娘の声がおだやかに響いた。

「亡きお父上のお志のためにも、主上《うえ》に誠心誠意お仕えいたします。ご心配なさいますな」

そういって娘は母の手をとった。北の方の目に涙が光った。

「そろそろ刻限でございます。御車《みくるま》へ」

女房《にようぼう》が母娘をうながす。

「負けてはなりませんよ、姫」

「はい、母上」

北の方は娘の手をかたくにぎりかえした。娘はにっこり微笑《ほほえ》んだ。

北の方の娘をのせた牛車《ぎつしや》は一路、御所《ごしよ》をめざした。

こうして入内した娘に、桐壺《きりつぼ》の舎《しや》があたえられた。

身分柄、女御《にようご》というわけにはいかず、その下の更衣《こうい》となった。以後、娘は桐壺《きりつぼ》の更衣《こう》
衣《い》とよばれる。

桐壺の更衣をまっていたのは、＊後宮《こうきゆう》の女人《によにん》たちの陰湿な視線であった。帝《みかど》の寵愛《ちようあい》を

＊入内《じゆだい》／皇后・中宮・女御・更衣となる女性が正式に内裏《だいり》に入ること　＊後宮《こうきゆう》／皇后や妃、それに奉仕する女官が住む宮殿

競う新たな姫の参加に、もとからいた女人《にょにん》たちは平静ではいられなかった。姫の美しさがぬきんでているのも、悪口に拍車をかけた。

「大した財産もないくせに、わざわざ宮中におあがりになることはございませんでしょうに」

「よほどお美しさに自信がおありなんではございません。お可愛らしいお顔で、おおこわ」

聞こえよがしの陰口に、更衣《こうい》はじっとたえて、帝《みかど》のお声がかかるのをまった。

ある夜、ついに更衣は召《め》し出された。

帝は、寝所《しんじょ》にあがった更衣の、咲き初めの桜の花びらのような美しさに心をうばわれた。

若い帝の寵愛を一身にあびることとなった更衣は、傾国《けいこく》の美女として白眼視された。帝の寵愛がひとりの女人にかたよるのは、国の乱れのもとだという者があらわれたからだ。

更衣にしてもあまりに過ぎた寵愛に驚き、

（畏《おそ》れおおいことだけれど、主上《うえ》がもう少しほかの方々を思いやってくださるといいのに……）

と、困惑していた。

だが、帝の寵愛はおさまらない。女人たちの悪意ある言いようやいたずらは度をこえていき、更衣の苦しみはました。その様子をうかがい知って、帝は更衣を守ろうと余計、身近に寄せつける。それがまた、女人たちのうらみをつのらせた——。

そうこうしているうちに更衣は身ごもり、皇子《みこ》を産んだ。その皇子のあまりの美しさ、愛らしさに人々は光る君とよんだ。

この若宮誕生によって政争が悪化する。

（主上は一《いち》の皇子《みこ》にかえて、光る君を春宮《とうぐう》に立てようとするのではないか……）

と、一の皇子の生母である弘徽殿《こきでん》の女御《にようご》とその実家の右大臣家は恐れ、慌てた。そして、春宮である一の皇子を守り、右大臣家の権勢を危うくさせる者は葬《ほうむ》らねばならぬと、攻勢に転じた。

桐壺の更衣へのいやがらせは、ますます険悪な様相を呈した。ひっきりなしにいやがらせの文《ふみ》が投げこまれ、渡殿《わたどの》には糞尿《ふんにょう》がまきちらされる。真冬、凍りつくような夜に火桶《ひおけ》が盗まれる。貴重な香炉《こうろ》が叩き割られる。さらに更衣の帳台《ちょうだい》に鼠《ねずみ》の死骸《しがい》が投げこまれ、呪いをこめた*形代《かたしろ》が庭先の*前栽《せんざい》にこれみよがしに括《くく》りつけられたりした――。

(だれもが自分をおとしいれようとしている……)

更衣《こうい》は風の音にも驚くほど神経が過敏になり、うちつづく微熱に床《とこ》に就《つ》く日が多くなった。

それでも更衣は三年の月日をたえた。だが、とうとう病にたおれ、日に日にやせおとろえていった。だれの目にも死が近いのは明らかになった。

ついに更衣は里へ下がらねばならなくなった。死のけがれを宮中にもちこまないためである。この時代、死が近いと明らかになれば、帝《みかど》以外の者は宮中を出るのがならわしであった。

帝は最愛の人との別れに悩乱《のうらん》し、泣きながら更衣の手をにぎりしめた。だが、掟《おきて》は掟。いかに帝でもしきたりにさからうことはできない。

桐壺の更衣は里に下がってじきに数え年三歳の皇子《みこ》、光る君をのこして他界した。

夏もさかりのことであった。

(またか……)

夢からさめた藤壺《ふじつぼ》の宮《みや》は、じっとりかいた汗が袿《うちき》の下の乳房の狭間《はざま》を伝い落ちるのを感じていた。

（主上《うえ》は、やはりわたくしではなく桐壺の更衣を……）

藤壺の宮は、このところよく帝と女人《にょにん》のあられもない閨姿《ねやすがた》を夢に見てはうなされ、夢からさめるのだった。桐壺の更衣の容姿を知らない藤壺の宮だが、その女人が、桐壺の更衣であることを疑わなかった。

先帝の四の宮だった藤壺の宮は、八年前に亡くなった桐壺の更衣と見まがうほどに容姿が似ていたため、帝に望まれて十五歳で入内《じゅだい》した。

四の宮が宮中にあがったとき、

（これほどとは……）

帝は息をのんだ。その気品に満ちた美しい容姿は亡き桐壺の更衣に生きうつしだったからだ。

四の宮には、有力な女御《にょうご》だけにあたえられる藤壺《ふじつぼ》の舎《しゃ》が用意された。以後、藤壺の

＊形代《かたしろ》／禊《みそぎ》や祓《はらえ》に用いる紙製の人形　＊前栽《せんざい》／庭先に植えた草木

宮とよばれるようになった。帝の一《いち》の皇子《みこ》を産んで後宮《こうきゅう》随一の権勢をふるう右大臣家の姫君、弘徽殿《こきでん》の女御《にょうご》と同等のあつかいである。

その藤壺《ふじつぼ》の宮《みや》は、後宮に騒ぎをひきおこした。

「ごろうじませ、藤壺の御方のお姿。お噂どおり、あの更衣《こうい》の方《かた》に似ておられるような。でも、さすがに＊皇女《ひめみこ》でいらっしゃる。亡きお方とはやはりお品がちがうよう」

「いえいえ、生きうつしですわよ」

女人《にょにん》たちは藤壺の宮の容姿に驚きの声をあげるいっぽう、なにかと桐壺の更衣と比べてかまびすしい。

藤壺の宮は桐壺の更衣と比較されるのがうっとうしかった。また、

(内親王《ないしんのう》であるわたくしが更衣ごときと比較されるなんて……わたくしは、わたくし。わたくしはわたくし以外のだれでもない)

という気持ちがある。さらに帝《みかど》が桐壺の更衣をいまでも深く想っているのを知っているだけに、桐壺の更衣という名前を耳にするだけで気鬱《きうつ》になる。その気鬱は、帝とはじめて寝所をともにした夜からいっそう重くなっている。

(あの夜、主上《うえ》は閨《ねや》で涙を流され……はっきりお言葉をもらされた……)

その夜、帝はただじっと藤壺の宮を見つめているだけで、なかなか言葉をかわそうとしなかった。焦《じ》れた藤壺の宮が視線をほんの少し上げたときだった。

（はて……）

帝の瞳に涙が光っている。藤壺の宮はさりげなく顔をふせた。

「……宮、恥ずかしがることはない。こちらにまいられよ」

藤壺の宮は畏《おそ》れいったように、しずかに帝ににじりよった。

「宮中にあがられて、だいぶ驚かれたかな」

「なにがでございますか、主上」

「桐壺の更衣のことだ。もう気がついたであろう」

（……）

「皆があなたを更衣に似ていると噂している。だが、噂以上だ。本当に生きうつしだ。あれが生き返ったのかと思えるほどだ……」

帝は藤壺の宮の頤*《おとがい》に手をやり、顔を大殿油《おおとなぶら》にさらすようにあおむかせ、まぶしげ

*皇女《ひめみこ》／天皇の娘　*頤《おとがい》／下あご

に見入った。

「……わたくしの知らないお方ですから、よくはわかりませぬが……」

「あなたのように美しく、そして可愛らしい女性《にょしょう》だった。わたくしのかけがえのない女性だった……」

それ以上はいわず、帝《みかど》は藤壺《ふじつぼ》の宮《みや》を抱きしめた。

帝の愛撫《あいぶ》は激しくもていねいだった。藤壺の宮は帝の体の下で、はじめてだという のにこみあげてくる心地よさに細い声をはなっていた。しだいに激しくなる帝の責めに、身悶《みもだ》えるようにして応《こた》えた、そのときだった。

「更衣《こうい》ッ」

帝は一声あげると、藤壺の宮の体の上に自分の体を重ねるようにして動かなくなった。

藤壺の宮は驚き、帝の体の具合に心をくばったほどだった。だがじきに桐壺の更衣の身代わりにされたという思いから、体が冷めていったのをはっきりおぼえている。

このとき、帝のなかにある桐壺の更衣の影が思いのほか大きいことに気づいたのだった。

そうしていまでは夢にさえふたりの閨姿《ねやすがた》を見てしまう。

ともすれば気鬱《きうつ》になる藤壺の宮の心を引きたたせてくれるのは、善美《ぜんび》をきわめる宮中の華やかな催しの数々であった。たとえば当代の名人上手の筆になるものや伝来の絵などをもちよって優劣を競う絵あわせ、また殿上人《てんじょうびと》*のつどう優雅な曲水《きょくすい》の宴《うたげ》などで、帝のかたわらにはべる美しい藤壺の宮は人々の賞賛と羨望をあびるので、気ばらしができるのだった。

ある日、帝が藤壺の舎に亡き桐壺の更衣の忘れ形身をつれて這入《はい》ってきた。源氏の姓をあたえられ、皇子《みこ》の身分から臣下におろされた十歳の光る君（源氏の君）である。母親の身分が低く、後ろ楯《うしろだて》もない光る君が親王として生きていくには障害が多いことだろうと帝が慮《おもんぱか》り、ならば朝廷を背負ってたつ政治家にしようと臣籍に降下したのだった。

「これが更衣ののこしてくれた子でな。仲よくしてやっておくれ」

*殿上人《てんじょうびと》／清涼殿の殿上《てんじょう》の間《ま》に上がることを許された人

藤壺《ふじつぼ》の宮《みや》は、またかとうんざりした。初夜の閨《ねや》で更衣《こうい》の名を口にされたうえ、これまでもさんざん更衣の話を聞かされている。更衣がのこしてくれたという源氏の君も、気鬱《きうつ》な思いを高めるものでしかない。そう、思いながら静かに御座所《おましどころ》の御簾《みす》をあげた藤壺の宮は息を吞んだ。

(なんと、お可愛いらしいこと……)

光る君とよばれるだけのものを、そこにいる源氏の君はそなえていた。

しかし、藤壺の宮よりも強い衝撃をうけていたのは源氏の君である。あでやかな桃の花のように光り輝く藤壺の宮の姿に思わず口をぽっかりあけ、見とれているばかりだった。

藤壺の宮は、源氏の君の自分へのあからさまなまなざしに思わず頰《ほお》を赤らめていた。

「こうして見ていると、本当に不思議なほど似ている。義理の親子というよりは姉弟のようだ」

帝《みかど》は目を細めていった。

その後、源氏の君はしばしば舎に藤壺の宮をたずねるようになった。そんな源氏の君を藤壺の宮はうけいれたが、自分を慕うのは母親である桐壺の更衣に生きうつしだからだと思うと、気鬱にならざるをえなかった。

ある日――。源氏の君は藤壺の宮の御座所に入ってくるなりかたわらに座し、

「宮様って……とてもいい匂いがする。お母様みたいです」

おずおずと藤壺の宮の裳裾《もすそ》にふれてくる。

「まぁ……。光る君は、お母様のことをよくおぼえていらっしゃるの」

「いえ……。でも、とてもやわらかくて、いい匂いがしたような気がする……」

撫子《なでしこ》の襲《かさ》ねに薫《た》きしめられた香に鼻孔《びこう》をくすぐられ、源氏の君はうっとり藤壺の宮を見つめた。

（この少年はお母様の顔を知らない……）

知っているのはわたくしだけ。そして、わたくしだけを見つめている――。そう、藤壺の宮は思った。

藤壺の宮は後宮《こうきゅう》に入ってはじめて、自分が自分としてみとめられた思いにひたれた。そしていま、源氏の君のあこがれに満ちた一途《いちず》なまなざしを素直にうけいれることができた。

二人は急速に親しくなり、まるで姉弟のように過ごすことが多くなった。源氏の君

は藤壺《ふじつぼ》の宮《みや》の御簾《みす》の内にも自由に出入りし、日がな一日、囲碁《いご》や双六《すごろく》に興じた。花を愛《め》で、琴や琵琶《びわ》を奏し、ときには二人そろって絵筆をとったりと、楽しみはつきなかった。

月日が経つのははやく、源氏の君は十二歳となり、元服式《げんぷくしき》をむかえた。角髪《みずら》に結《ゆ》っていた髪を削《そ》ぎ、はじめて冠をつける。これがすめば、十二歳といえども、立派な大人のあつかいをうける。

源氏の君は宮中を出て、新たに屋敷をかまえることになった。二条の院である。だが、同時に源氏の君は藤壺の宮の御簾の内に出入りすることがかなわなくなった。元服をはたした男が女の御簾の内に入れるのは、相手が妻や愛人、そして近い肉親の場合だけである。また、御簾の外から話しかけることはできても、女房がいちいちとりつぐ。じきじきに声を聞くということはまずなかった。

源氏の君は盛大な元服式の間中、不機嫌におしだまっていた。

五年がすぎた。

壮年に達した帝《みかど》は藤壺の宮をえたことで、桐壺《きりつぼ》の更衣《こうい》をうしなった悲しみを癒《いや》すことができたのだろう、すっかり年齢相応の落ちつきを見せている。いまではもう、藤壺の宮を抱きながら桐壺の更衣を思って涙することもない。

だが、輝く日の宮《ひのみや》と賞され、年を追うごとに美しさをます藤壺の宮は、心がふさいで晴れ晴れしなかった。

帝は男としてのさかりをすぎていた。うしなった愛をとり戻そうとするかのように、執拗《しつよう》な愛撫のはてに藤壺の宮を貫いたかつての帝の姿はもうなかった。寝所をともにしても、積極的に藤壺の宮を求めようとしなかった。静かに抱きしめ、こまやかにささやきかけはしても、いつか寝入ってしまう。

（この方は老いた……）

藤壺の宮は闇のなかで、じっと天井を見上げているしかなかった。

やすらかな寝息をたてている帝を、一番鶏《いちばんどり》の声を聞きながらいくたび見つめたことだろうと思う。

（いまこそ、あの激しい愛撫に身をゆだねたい……）

このまま、自分は女としての一生を終えるのかと思うと、無性に悲しみがこみあげてくる。

まだ二十をこえたばかりの藤壺《ふじつぼ》の宮《みや》は、年々深みをましてくる閨事《ねやごと》の奥深さに目ざめ、より深い陶酔《とうすい》を求めていた。

その年の春、帝《みかど》は藤壺の舎《しゃ》に源氏の君をはじめ、管弦の上手《じょうず》を集めて夜桜を愛《め》でる宴を催した。

この夜、空は澄み、十六夜《いざよい》の月が煌々《こうこう》と照っていた。雨が近づいているのだろうか、琵琶《びわ》の絃《げん》は少し湿り気をおび、音色がひときわさえわたる。

「今宵《こよい》の源氏の琵琶は、心に沁《し》みいるようじゃ。あなたも琴をあわせてくれぬか」

帝の言葉に、御簾《みす》の内の藤壺の宮は、御簾の外にいる源氏の琵琶にあわせて琴を爪《つま》弾《び》きはじめた。

琴の音は、琵琶の音にからみつくようにせつなげな調べを奏でた。

だが、藤壺の宮の心は琴の音にましてせつなかった。自分の犯した失態をまざまざと思い出していたからだ。

それは、ほんの一月《ひとつき》ほど前の夜のことであった。藤壺の舎の近くに人の気配を感じた藤壺の宮は、側近の王《おう》の命婦《＊みょうぶ》かと思い、声をかけた。すると、

「そのお声は……宮様……」

　返ってきたのは忘れもしない源氏の優しい声音《こわね》であった。この日の夕刻、宮中に参《さん》内《だい》した源氏は懐かしさのあまり藤壺の舎の近くの渡殿《わたどの》に佇《たたず》んでいたのだった。

　藤壺の宮は御座所《おましどころ》の御簾の内で身じろぎもできなかった。

「いま一度、お声をッ。宮様、いま一度……」

　源氏は執拗《しつよう》だった。藤壺の宮はことばを返さず、そっと御簾からはなれて奥座敷へしりぞこうとした。けれども突然、源氏は御座所の御簾をくぐって這入《はい》ってくるなり、藤壺の宮の腕をとってひきとめた。

「なりませぬッ、ここは……」

　と、いいはしたが、源氏の一途なまなざしにたじろぎ、それ以上、藤壺の宮は言葉を継げなかった。

　源氏の君は十七歳になっている。青年らしいたくましさが物腰のなかにみえ隠れしている。そのまなざしは、かつてみたことのない光をおびていた。

＊命婦《みょうぶ》／律令制で中級の官位の女官や女房の総称

「宮様、わたくしには主上《うえ》への後ろ暗さも、罪への恐れもありません。ただただ、あなたへの想いが……」

狼狽《ろうばい》した藤壺《ふじつぼ》の宮《みや》は、抗《あらが》うようにして源氏の腕をふりきり、舎《しゃ》の奥座敷に這入《はい》っていた——。


雲が流れ、十六夜《いざよい》の月が朧《おぼろ》に霞《かす》む。色づきはじめた桜花が、風にゆれている。いつしか曲が終わりに近づいていた。琵琶《びわ》がいっそう強く掻《か》き鳴らされ、藤壺の宮もまた、その音に誘われるように思うさま琴を掻き鳴らす。

不意に藤壺の宮はあの夜の源氏の一途なまなざしを思い出した。そのまなざしが、御簾《みす》の内の自分にあてられている気がする。藤壺の宮は思わず息をひそめる。なおもまなざしがつきささってくる。体が熱くなるのをとどめようがない。次々と衣をはぎとられていくような錯覚さえおぼえる。

藤壺の宮の手がとまった。帝《みかど》が不審そうに妃《きさき》の顔をのぞきこむ。

「どうなさった」

「……失礼を、いたしました。少し具合が悪うございますので」

藤壺の宮は一礼すると、御簾からはなれ、奥座敷へさがった。のこされた帝は御簾をからげると、広間に控える源氏にいった。

「少し気分が悪いのだそうだ。よければ、もう少し弾《ひ》いてくれぬか」

「……はい、父上」

源氏は琵琶をとりなおし、静かに弾きはじめた。

その甘くゆるやかな調べは、風にのって藤壺の宮の耳にもとどいていた。


ある日、藤壺の宮は体の具合を理由に里下《さとくだ》りを申しでた。これまで里下りを許すことがなかった帝は、こういって許しを出した。

「あなたがいないと、宮中は光をうしなうような気がする。できるだけ早く戻ってきてほしい」

「主上……」

と、つぶやく藤壺の宮の両手をとってわが胸に押しあてて微笑む帝に、胸がいたんだ。

御前《ごぜん》からさがった藤壺の宮は、側近の王《おう》の命婦《みょうぶ》らをしたがえて三条にある里邸《さとだい》へむかった。藤壺《ふじつぼ》の宮《みや》には予感があった。

（あの方は、いらっしゃる……）

はたして三条の邸《やしき》に下がった藤壺の宮を追うように、源氏の君から文《ふみ》がとどいた。

その文を読む藤壺の宮の頬が紅潮していく。

『お慕いしております。母としてではなく、女性《にょしょう》としてのあなたを……。ひと目お会いしたいのです』

見おぼえのある源氏の君の筆蹟《て》。そこにしるされた偽らざる情熱のほとばしりを藤壺の宮の心がとらえる。

（身がわりとしてではない、わたくし自身をこんなにも恋する人がいる……）

そう思ういっぽう、

（いけない。わたくしは帝《みかど》の妃《きさき》なのだ。ほかの殿方《とのがた》から文をもらうなど許されない。それも、義理の息子にあたる方からなど……）

藤壺の理性が懸命にさけぶ。

だが、胸の内には熱いものがこみあげてくる。文を胸に押しあてる。押しあてた文が幼い源氏の君の可愛らしい手になる。それがあっというまにたくましい男の手にかわる。源氏の手が、わたくしの胸を……。

(抱かれたい……)

甘美な夢想が、藤壺の宮の体内をかけめぐる。

藤壺の宮は深く息をすうと、文を捻《ひね》り、炭の火にうつした。文はあっというまに燃えつきた。

二日後の夜半《やはん》――。

散りおくれた桜葉が夜風にゆれている。

(はて……)

庭の植えこみで妙な物音がする。藤壺の宮の側近くに控えている王《おう》の命婦《みようぶ》は半身を起こした。しばらくすると*蔀戸《しとみど》をたたく音がする。起き上がった王の命婦は、

「どなたです……こちらは女御《にようご》様のお里ですよ。無礼なことをすると、人をよびますよ」

と、気丈にいいはなった。

＊蔀戸《しとみど》／日光や風雨を防ぐために格子の片面に板をはった戸

「その声は、命婦《みょうぶ》だね。わたくしだよ」

（まあ……）

命婦は蔀戸《しとみど》に駆けよった。

「こんなところでなにをしてらっしゃるのです。帝《みかど》の御子《みこ》ともあろうお方が」

「頼む、命婦。あの方に会わせてくれ。幼い頃からあの方だけにあこがれつづけてきた。どんな罪におとされようとかまわない」

源氏は王の命婦を必死でかきくどきはじめた。言葉をつくして藤壺《ふじつぼ》の宮《みや》への想いを訴えた。

「いけません。あなた様も、宮様も、どんなおとがめをうけますことやら……」

「……一度だけでいい。わかってくれ」

「で、でも……」

いまや王の命婦は、源氏の言葉に圧倒されていた。

「お願いだ、命婦。宮に、宮に会わせてくれ」

命婦の心は千々《ちぢ》に乱れた。

物音にだれが起きだしてくるやもしれぬと、命婦はとうとう源氏を蔀戸のなかに入

れた。這入《はい》ってくるなり源氏は、お前にはけっして罪が及ぶようなことはしないとい
い聞かせ、命婦の手引きで藤壺の宮の寝所に忍び込んだ。

「宮……」

こっそり問いかけたが、藤壺の宮は答えない。そのかわり自分の細い指を源氏の手
にふれさせ、源氏の手をからめとり、そっと自分の胸に導いた。

薫《た》きしめられた香がふっと鼻をかすめ、思わず源氏は藤壺の宮を抱きしめていた。

「ああ……夢のようだ……」

源氏の指が、藤壺の宮のやわらかな頤《おとがい》をもちあげる。その唇に、首筋に、胸もとに、
熱い源氏の舌が這《は》う。

「ああ……」

よせては返す陶酔の波に体がほぐれ、心がほぐれていく。藤壺の宮はわれを忘れた。

高みに押しあげられた体が一瞬、激しく痙攣《けいれん》した。

（あっ……）

藤壺の宮は、体の深奥《しんおう》に一種異様なものがふれたような気がした。

（いまのは……）

藤壺《ふじつぼ》の宮《みや》は身じろぎもできなかった。

（女は、子を妊《はら》んだ瞬間がわかるというではないか。あの異様《ことざま》な感覚は、その徴《しるし》なのでは……）

褥《しとね》にしどけなく横たえられていた身がひきしまり、藤壺の宮の脳裏になにかが煌《きら》めいた。

なおも胸に顔を埋《うず》めようとする源氏に、

「もう、お会いすることはありません……」

いうと、藤壺の宮はゆっくりと半身を起こし、身繕《みづくろ》いをはじめた。

「宮……」

源氏は藤壺の宮のかわりように驚き、二の句が継《つ》げない。

「さ、お帰りになってくださいな……」

源氏を藤壺の宮はそういい、王《おう》の命婦《みょうぶ》をよぶと、送るようといって帳台の源氏に背をむけた。隣室にひかえていた命婦があらわれ、源氏の御衣《おんぞ》を掻《か》き集めた。源氏は身支度をととのえると、＊悄然《しょうぜん》として邸《やしき》をあとにした。

いつか月は雲に隠れていた。

藤壺の宮の寝所にしんとした静けさが戻った。命婦は小さく息をつくと、重い口を開いた。

「宮様、申しわけございません。どのような申し開きも……」

命婦は自分が手引きしたことを悔いていた。

「……命婦、そなたを罪におとすようなことは、わたくしも本意ではありません」

藤壺の宮はおさえた声音でいい、さらに言葉を継いだ。

「ただし、これをもらすようなことをしたら」

「宮様、なにをおっしゃるのですッ」

「そなたが手引きし、いやがるわたくしを無理やりにと……。巷《ちまた》には男君《おとこぎみ》に金をつまれて、女房が主人の女君《おんなぎみ》を売ることなど、よくあることだそうです」

「宮様、わたくしをそのような輩《やから》と一緒に……」

命婦はがっくり手をつくと、嗚咽《おえつ》をもらしはじめた。

「もう、今夜のことは忘れなさい。いいですね……」

＊悄然として／しおれきって元気のないさま

弾《はじ》かれたように平伏《ひれふ》す命婦《みょうぶ》をあとに、藤壺《ふじつぼ》の宮《みや》は静かに帳台《ちょうだい》へ戻っていった。

藤壺の宮には、先ほどまでの陶酔は微塵《みじん》も残っていなかった。だが、あれほど自分を苦しめていた重い気鬱《きうつ》もなくなっていた。

それから一月《ひとつき》ばかり経ったころ、藤壺の宮は体の変調に気づいた。体がほてるようで、一日中だるい。つわりであった。やはりとうなずいた藤壺の宮は、

(これでわたくしは、本当のものを手に入れられる……)

そう、思った。

だれの身がわりでもなく、心から自分を想ってくれた源氏の心を、藤壺の宮は信じていた。だからこそ、不義の罪を負って死をむかえても悔いはないと覚悟をきめ、源氏をうけいれたが、自分の胎内に命がふきこまれたことを確信するや、女として生きることを捨てた。

(この子はわたくしを愛し、わたくしも、だれはばかることなくこの子を思いっきり愛せる……)

と、はじめて手ごたえのある愛の対象を得た思いに満たされていた。

藤壺の宮の懐妊の報はすぐさま帝《みかど》のもとにとどいた。

（どんなことをしてでも、この子を守ってみせるわ……）

藤壺の宮は、そのまま里にこもった。

その藤壺の宮を、源氏はいくどとなく訪れたが、二度と会うことはかなわなかった。

やがて時がみち、藤壺の宮は男御子《みこ》を産んだ。源氏によく似た美しい顔だちの御子だった。

産後二月《ふたつき》めに入った頃、藤壺の宮は御子とともに宮中に戻った。皇子を抱いた帝はしばらくの間、じっと見つめたままであった。藤壺の宮は身の細る思いでひたすら顔をふせていた。

けれども、帝は藤壺の宮の思いをよそに、晩年にできた皇子をたいそう可愛がった。

皇子が三歳になると、帝は春宮《とうぐう》（弘徽殿《こきでん》の女御《にょうご》の産んだ一の皇子）に譲位し、朱雀帝《すざくてい》を誕生させた。みずからは上皇となって桐壺院と称した。

その桐壺院のつよい希望によって、藤壺の宮が産んだ皇子は次の春宮となった。都は新しい帝、新しい春宮の登場にわいた。

その年の冬、桐壺院《きりつぼいん》は病に倒れた。朱雀帝や源氏の君をはじめ、朝廷の主だった者たちが次々と見舞うが、病状は悪化するばかりだった。

ある日、桐壺院《きりつぼいん》は看病に余念のない藤壺《ふじつぼ》の宮《みや》を枕辺《まくらべ》に招きよせ、

「人ばらいをせよ。そなたにだけ伝えたいことがある」

と、ささやいた。その言葉に、藤壺の宮は加持祈禱《かじきとう》の僧もふくめてすべての者を御《ご》前《ぜん》からさがらせた。

ふたりっきりになると、桐壺院はおもむろに藤壺の宮の手にみずからの手をのせ、苦しい息の下から言葉を絞りだすようにしてこういった。

「わたくしの遺言と思って聞きなさい……。よいか、そなたの罪は問わぬ。そのかわり、なんとしても春宮《とうぐう》を次の帝《みかど》とせよ」

桐壺院の瞳にはするどい光が宿っている。

（……）

藤壺の宮は色を失った。

「それが……それだけが、わたくしへの罪ほろぼしだ」

「……なにもかも……ごぞんじだったのですね」

桐壺院はうなずいてこういう。

「春宮をはじめて抱いたとき、わかった。あの子はわたくしの子ではない……源氏の子であろう。生きうつしだ」

思わず藤壺の宮は顔を背《そむ》け、袂《たもと》に顔を隠していた。

「まさか、最愛の息子にわが妃を……」

そういいながら、桐壺院は弱々しく笑っている。

「わたくしはかつて弘徽殿腹《こきでんばら》の春宮をしりぞけ、光る君を次の帝にと、強く望んだことがあった。亡き更衣《こうい》の忘れ形見を、わたくしのもっとも愛する息子を、最高の地位に就《つ》かせてやりたかった……だが、はたせなかった」

（……）

「だからこそ、源氏の子を帝にしてやりたい。そのためには、この秘密が世間にもれてはならない。もれれば春宮も、源氏も、そしてそなたも終わりじゃ……」

「それでは、院……わたくしの過《あやま》ちをお許しくださるとおっしゃるのですか……」

「さて……許すといえるほど、わたくしは悟ってはいない」

藤壺の宮の手にかさねた桐壺院の手に力がこもる。藤壺の宮は身じろぎもしなかった。

「困ったことに、わたくしにはそなたに負い目がある。そなたを求めたのは、そなた自身が欲しかったからではない。更衣《こうい》に生きうつしと聞いたからだ……。わたくしはそなたを亡き更衣の身がわりにした。手元において、心の慰めにした……」

そういう桐壺院《きりつぼいん》の言葉を聞きながら、藤壺《ふじつぼ》の宮《みや》はこう思う。

（わたくしは桐壺の更衣の身がわりで終わりたくなかった。心から自分を、ここにいる自分を愛してくれる男が欲しかった。それなのに主上《うえ》が愛したのは桐壺の更衣だった。だからこそ源氏の心を知ったとき、源氏に命をあずけることにした……）

いつか桐壺院の息があがっていた。

「もう、お休みくださいまし。お体にさわります」

桐壺院は力なくうなずき、

「……行きなさい。もはや話すことはない」

いうなり、藤壺の宮の手にかさねていた手をはなした。

藤壺の宮は渡殿《わたどの》を舎《しゃ》にむかって歩《あゆ》むうち、桐壺院への罪深さがこみあげてきたのだろうか、入内《じゅだい》してはじめての涙を流していた。

（許さないとおっしゃりながら、院は……わたくしと源氏の君をお心の内では許してくださっている……）

ほどなくして桐壺院はみまかった。*

どんなことがあっても秘密を守り、春宮《とうぐう》を守り、桐壺院の願い、すなわち母である

わたくしの願いを叶《かな》えてみせると、藤壺の宮は強く自分の胸にいい聞かせた。

時雨《しぐれ》がさった御殿《ごてん》の庭には、うすい陽がさしはじめていた。

＊みまかる／死ぬこと

■解説──藤壺と光源氏

懐妊後、二度と源氏に会わなかった最愛の姫の胸の内

藤壺《ふじつぼ》は、先帝《せんてい》の四の宮として生まれた内親王《ないしんのう》です。

階級がすべてに優先される当時の貴族社会において、内親王という身分は絶対的なものでした。ですから後宮《こうきゅう》を牛耳《ぎゅうじ》り、源氏の母である桐壺《きりつぼ》の更衣《こうい》をいじめぬいた弘徽殿《こきでん》の女御《にょうご》さえ藤壺に手だしができません。しかも、藤壺は美しかった亡き桐壺の更衣と瓜ふたつといわれるほど容姿に恵まれています。原典では、藤壺はまさに考えつくかぎりの最高の条件をそなえた女性として描かれています。

源氏は、この五つ年上の若い継母《けいぼ》、藤壺を思慕《しぼ》します。この禁じられた恋心が、源氏のその後の行動に影をおとしていくのです。

源氏に育てられ、愛された紫《むらさき》の上《うえ》を物語の表の女主人公とするならば、藤壺は裏の女主人公といえるほど重要な意味をもっています。

本書では、この藤壺が何を考え、誰を愛していたかについて考えてみました。

まず桐壺帝ですが、藤壺が帝《みかど》を愛していたと考えるには無理があります。「死んだ恋人に似ているから君が好きだ」といわれて、喜ぶ女性はいません。桐壺の更衣の話が出るたび、藤壺は複雑な気持ちになったはず。

では、源氏のことはどう思っていたのでしょうか。

最初、桐壺の更衣の忘れ形見として帝から紹介されたとき、ああ、また桐壺の更衣の身がわりにされるのかと、内心うんざりしたのではないでしょうか。

亡き母に似ていると聞かされて、源氏が藤壺に関心をもつのは事実ですが、三歳で母を亡くした源氏は母の顔をおぼえていません。ですから藤壺に母の面影を重ねていたのではなく、目の前の藤壺その人を見つめ、愛を高めていくのです。

聡明な藤壺は源氏の一途な気持ちを感じとり、初めて自分を自分として愛してくれる男として受けいれました。

しかし、初めての逢瀬《おうせ》ではさすがに藤壺は抵抗したと思われます。帝に仕《つか》える身で、その息子と契《ちぎ》るのはあまりに罪深いことだからです。けれども源氏の若い情熱に負けてしまいます。そして二度目の逢瀬で、源氏の子を身ごもります。

なぜ、二度も源氏を受けいれてしまったかについては、諸説があります。逃れられない状況を側近の女房がつくった、源氏に押しきられた……。いずれにせよ源氏への愛があったのはまちがいないでしょう。源氏が忍んできても機転をきかせて逃れた姫君もいるのですから、藤壺にそれができないはずがありません。

懐妊後、藤壺は二度と誘惑に負けませんでした。藤壺がえらんだのは、生まれてくるわが子を守ることでした。罪に悩みながらも不義の子を産み、その子を帝位に就けるため、あらゆる手をつくします。

藤壺は、源氏との関係をつづけることは不可能だとわかっていたのです。もし、源氏との愛に走れば、自分はもちろん、源氏と生まれてくる子にも未来はなくなり、また帝《みかど》の名誉を著しく傷つけることになります。自分の立場を理解している藤壺に、そのような破滅的な道はえらべなかったのです。

藤壺は源氏の子を産むことによって、初めて存分に愛をそそげ、また自分だけを見つめてくれるたしかな存在を手に入れました。

だから藤壺は、女としての幸せから母としての喜びへ、求めるものを意図的に変えていったのではないでしょうか。出産後、態度が一変したのは、そんな理由からのように思われてなりません。

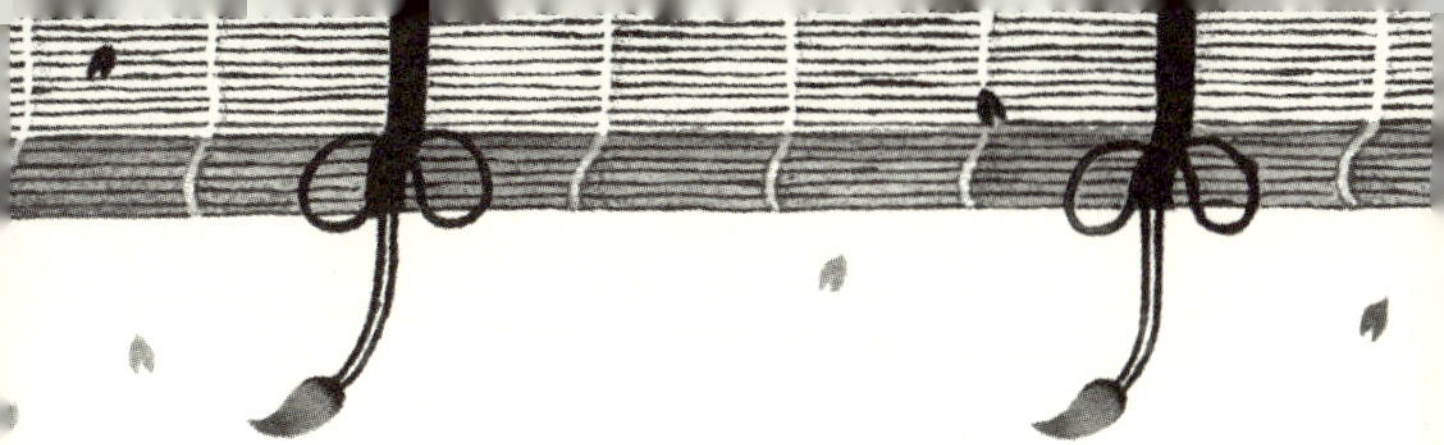

六《ろく》条《じょう》の御《み》息《やす》所《どころ》

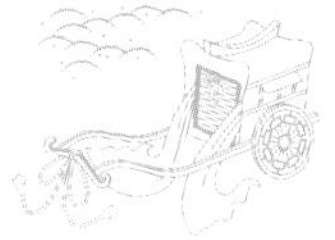

(なんと、あの方に似ているのだろう……)

鏡のように澄《す》んでいた御息所《みやすどころ》の心に漣《さざなみ》がたった。懐かしい気持ちに、しめつけられる苦しさが混じる。いままでおだやかに過ごしていた時間が一瞬の光とともに闇にかわった。闇は目の前いっぱいに広がる。……長くつらなる葬列があらわれた。黒々とゆれる袖の波。その上を舟のように運ばれてゆく柩《ひつぎ》。見送る人々。遠く昇ったかすかな煙……。

(あぁ、あの方が帰ってきた。空に昇っていったあの方が帰ってきた。いま、わたくしの目の前に、座っていらっしゃる。あの日のまま、若く輝いていらした頃のまま……)

御息所の意識は切りもなく闇をただよう。静寂が御座所《おましどころ》をおおう。

「お聞きおよびかもしれませんが、源氏の君をおつれしました。主上《うえ》のおぼえめでたく、若いながら才長《さいた》けていらっしゃるお方ですよ」

「これはこれは三条《さんじょう》の*大輔《たいふ》様。お待ちしておりました」

と、御簾《みす》ごしにすけるふたりの男へ、御息所のかたわらにひかえる侍女が対応した。

その侍女の声に御息所はわれに返った。

「御息所様……」

うながすような侍女の言葉に、御息所は静かにうなずき、御簾の向こうにひかえる男たちをうかがうように、こういった。

「今日はすばらしい草紙《そうし》がございますのよ。唐《から》の国の物語なのです。楊貴妃《ようきひ》のお話。でも、おつれの方には少し難しいかもしれませんわね。楊貴妃という姫を、あなたはごぞんじかしら」

若々しい源氏はほっそりした頤《おとがい》に気を漲《みなぎ》らせ、答える。

「ぞんじております。唐の帝《みかど》に思いをかけられ、死してのちは*仙界《せんかい》に遊びました。傾《けい》国《こく》の美女ともいわれますが、帝をして*比翼《ひよく》の鳥《とり》、*連理《れんり》の枝《えだ》の誓いをなさしめたこの姫は、どんなに美しく情趣にあふれたお方だったのでしょうか。できることなら、わたくしもこの目で見てみたいものです」

（まぁ……）

*大輔《たいふ》／律令制の八つの省の次官　*仙界《せんかい》／俗界を離れた清浄な世界。仙境　*比翼《ひよく》の鳥《とり》／雌雄各一目・一翼、つねに一体となって飛ぶという伝説上の鳥。男女の深い契りのたとえ　*連理《れんり》の枝《えだ》／夫婦や男女の睦まじい契りのたとえ

若い者は口が多いこと――。そう、御息所《みやすどころ》は思うが、年長のゆとりでやわらかに微笑《ほほえ》んでいう。

「そうですね。わたくしも見てみたいですわ。ごらんなさい。美しく装幀《そうてい》されてますでしょう、この草紙。なかの紙は浅縹《あさはなだ》と朽《く》ち葉《ば》の切り継ぎなのです。銀のちらしが優雅ですわね」

楊貴妃《ようきひ》からさりげなく話をうつし、草紙を広げた。

「中将《ちゆうじよう》、これを」

中将とよばれた侍女がたって、御簾《みす》の向こうにひかえる三条《さんじよう》の大輔《たいふ》に草紙を運ぶ。

「ほほう、これはまた随分と落ちついた……」

大輔が声をあげる。

「表紙の羅《うすもの》*も、いいようのない美しさですな」

「それは唐《から》の羅です。紐《ひも》も唐物《からもの》でそろえてあるのですよ。紺瑠璃《こんるり》の濃淡が洒落《しやれ》ていて。華やかな色に飾られた草紙も心おどるものですが、こういう風情《ふぜい》もよいものですわ」

御息所と大輔は草紙の話に興じた。その合間、御息所の目が源氏におよぶ。源氏はひとことも口をはさまない。だまって御息所と大輔の話に耳をかたむけている。

やがて灯火が運ばれてくる頃、大輔と源氏はつれだって帰っていった。

「噂には聞いておりましたけれど、源氏の君という方は本当にきれいなお方ですね」

かたわらに侍《じ》していた中将《ちゆうじよう》の御許《おもと》がいった。

「まだ若い。いくつになられるのでしょう」

「たしか十六くらいにおなりのはずです」

「傾国の話は余計でしたね」

「ご緊張あそばされたのですわ。はじめて御息所様の御前《ごぜん》にいらしたのですもの」

「そう……」

御息所はため息をついた。源氏の気にあてられたのだろうか、少し気づかれを感じていた。

御息所は先坊《せんぼう》（先の春宮《とうぐう》）の妃《きさき》であった。先坊との間に姫御子《ひめみこ》がひとりいる。しかし、先坊はあるとき、あっけなく他界してしまった。

＊羅《うすもの》／地の薄い絹織物　＊御許《おもと》／女房の別称

「いままでどおり、内裏《だいり》にお住まいになればよろしいのに」

御息所《みやすどころ》の身を案じた桐壺《きりつぼ》の帝《みかど》の言葉をありがたく思いながらも御息所は内裏を辞し、六条の実家に引きこもった。だが、いまでは桐壺の帝の厚意で春宮妃《とうぐうひ》と同等の処遇をうけ、娘を養育しながら風流三昧《ざんまい》の暮らしをしている。

その六条の自邸には、風流を愛《め》でる同好の士が多く訪れていた。三条《さんじょう》の大輔《たいふ》も、見慣れた面々のひとりである。しかし、源氏のような若い人がやってくることはめったになかった。それは御息所自身が二十三歳とそう若くないせいでもあった。

（一瞬は似ていると思ったけれど、よく見れば、それほどでは……）

御息所は御簾《みす》ごしにみた源氏の君の顔を思い出していた。

源氏の君は桐壺の帝の御子《みこ》。先坊と桐壺の帝は兄弟であるので、源氏の君は先坊の甥《おい》にあたる。だから源氏の君に、先坊であった夫の面影《おもかげ》がよぎるのも自然なことかもしれないと、御息所は思った。夫が帰ってきたような錯覚もそのためだろう、と。

（でも、あの一瞬は本当に心がざわついた。絶対にあなただと思ったわ。だって突然だったんですもの……突然、あなたはわたくしの前からきえてしまわれた……）

御息所は十六歳で入内《じゅだい》して姫御子《ひめみこ》を産んだが、二十歳で先坊と死別している。

（でも今日、一瞬でもあなたが帰ってきてくれたような気がして……。額も目も、座るときの仕種《しぐさ》も、本当にあなたと瓜《うり》ふたつ。そのまま御簾から抜けだして抱きつきたかった。でも中将が側《そば》にいて……。いいや、全然ちがう。あなたはもっとすっきりした顔だちだったもの。あら、おかしい、わたくしなにを考えているのかしら。源氏の君があなたに似ているなんて。全然ちがうのに……）

「御息所様、ごらんなさいませ。今夜は月が明るうございますわ。ほら、あんなに」

中将《ちゆうじよう》の御許《おもと》の言葉に、御息所はわれに返った。

中将の御許は御息所に心酔している。昔から側近くに侍《じ》しているが、こんなに優雅で奥ゆかしい女君《おんなぎみ》はほかにいないと、強く心がひかれている。だから趣《おもむ》き深い月などを見つけると、得意になって注進《ちゆうしん》する。

御息所はいわれるままに外をながめた。満月には少し欠ける月が、桔梗《ききよう》や女郎花《おみなえし》の植え込まれた庭に静かな影をなげている。しかし御息所の心はほかにあった。

（また、思いの淵《ふち》へしずんでしまった……）

思いの淵――。

それは御息所が名づけた境地だった。ときおり、なにかを思いつめて深淵《しんえん》におちいってしまう。ただ傍目《はため》にはそれがわからない。

御息所《みやすどころ》は目を閉じた。開ける。小さく息を入れた。

秋風が颯颯《さつさつ》とわたる庭は、まるで遠くから波が押しよせる草の海だ。

「灯《あか》りはいりませんね」

御息所の言葉に、別の侍女がふっと火をけした。月影がいっそう濃くなる。それにあわせるかのように虫の音《ね》が高くなった。

「御息所様は本当に風流なお方ね」

侍女たちはささやきあった。


その日から、六条の御息所の邸《やしき》に源氏の君がしばしば顔をだすようになった。三《さん》条《じょう》の大輔《たいふ》とくるときもあれば、ひとりでくるときもある。御息所が扇《おうぎ》あわせを思いついて、いつもの面々に加えて源氏を招くこともあった。はじめは緊張気味だった源氏も、すぐに周囲の雰囲気にとけこんだ。

源氏はもともと利発な質《たち》のうえに華《はな》がある。桐壺《きりつぼ》の帝《みかど》の庇護《ひご》も篤《あつ》い。当初、御息所は自邸に政治的な風がふくのを懸念した。しかし、集まるものたちは政《まつりごと》よりも風流をとるものばかりであったので、御息所の心配は杞憂《きゆう》に終わった。

ところが、思いがけない事態が出来《しゅったい》する。

その日――。

源氏はひとりで六条の御息所の邸を訪れていた。いつのまにか宵闇《よいやみ》がせまり、空には月が冴《さ》え冴《ざ》えとかかっていた。御息所の弾く琵琶《びわ》の音に聴き入っていた源氏はふといった。

「御息所様の琵琶は、なにかもの悲しさがただよいますね」

御息所は撥《ばち》をとめた。

「わたくしの琵琶が……」

「御息所様の琵琶が、というよりは、御息所様の琵琶の音がわたくしをもの悲しくさせる、といったほうがいいのかもしれません」

「なにか悲しいことでもあったのですか。若いあなたには悩みも多いのでしょう」

御息所はなにげなく絃《げん》の調子をなおした。

「陰陽道《おんみょうどう》では、月は水の精なのだそうですね」

「ほほほ……。急になんでしょう。でも、たしかに月夜に風がふくと、まるで汀《みぎわ》に蘆《あし》がそよぐような感がありますわ」

「忽《たちま》ち聞く、水上《すいじょう》琵琶《びわ》の声……」

「白楽天《はくらくてん》ですか。『琵琶引《びわいん》』の女のように、わたくしも幽玄《ゆうげん》に弾《ひ》けたらいいのですけれど」

そういって御息所《みやすどころ》はふたたび弦に目をやり、
ぼろん……

と、琵琶をかき鳴らす。そのときであった。御簾《みす》が撥《は》ねあげられた。

「なにをなさるのですッ」

目の前に源氏の若々しい体がせまっていた。源氏は、

「御息所様、お許しください。その琵琶はわたくしの心を掻《か》きむしります。どうぞお許しを」

と、いうなり御息所を抱きすくめた。

「いけません。どうしたのですか。年長の者をからかうものではありませんよ」

源氏に身をまかせたまま、御息所は努めて冷静に応《こた》えた。こんなとき、にわかにあわてではいけない。強い抵抗は相手の勢いをあおるものだと、御息所は心得ている。

「わたくしはずっと以前からお慕《した》い申しておりました。御息所様だって、気づいておられたはず……」

若い熱気が御息所を包みこむ。容赦のない力が御息所を絞りあげる。人を呼ぼうにも声がでない。

(どうしましょう。中将……。中将はなにをしているのです)

侍女をさがす。しかし、姿はみえない。

「御息所様……」

源氏はむしゃぶりついてくる。

(いけない。いけない……。でも、ああ、この熱さ……。あの方の、若い頃に……)

御息所は身動きできないような強い力で抱きしめられた。手にしていた琵琶がおちる。意識が淵におちはじめた。おちていく意識のなか、御息所は『琵琶引』を吟《ぎん》じている。

——大絃《たいげん》ハ嘈々《そうそう》トシテ急雨《きゅうう》ノゴトシ、小絃《しょうげん》ハ切々《せっせつ》トシテ私語ノゴトシ。嘈々切々錯雑《さくざつ》シテ弾《だん》ズレバ、大珠《たいしゅ》小珠玉盤《ぎょくばん》ニ落ツ……。

爛熟《らんじゆく》した御息所《みやすどころ》の体は、満開の八重桜《やえざくら》が驟雨《しゆうう》にたたきつけられたように撓《しな》り乱れた。あふれるほどの花びらがちり、花芯《かしん》だけがのこされ、さらにそれが蜜のようにとける。

（わたくしは桜……。散る寸前の桜……。ちがう、ああ、これはわたくしじゃない。だって、わたくしがこんな軽率なこと……）

やがて猛々《たけだけ》しい嵐が去る。

そっと目を開けると、傾きかけた月の光に、若鮎《わかあゆ》のような源氏の肢体が投げだされている。

（……）

まぶしすぎたのか、御息所は顔を背《そむ》けてふたたび目を閉じた。

（こんなことが世間に知れてしまったら……）

御息所は半身を起こしかけた。その瞬間、ひきつれるような痛みが走った。千筋《ちすじ》の黒髪はすべるようにのびて、ふたりをゆるやかに縛りあげていた。そのうちの一房が、生き物のように源氏の手首に絡《から》みついている。その髪をにぎってそっと引いてみる。ぐったりした源氏の手首は、引くにまかせて形を歪《ゆが》める。その手首に、じっと見入った。

（まるで蜘蛛《くも》。桜なんて、うそ。無理に散らされた桜は蜘蛛に生まれかわって桜の花に巣くうんだわ。そして桜守《さくらもり》にきた子の血を吸って生きるの。絡《から》めとられにきた桜守は、この子……）

生き血を吸うがごとくに髪は源氏の手首にしっとり絡みついている。一瞬、妖《あや》しい情がわいた。

切れよとばかりに、御息所は力まかせに髪を引いた。源氏の手首が勢いよく動く。同時に、源氏の瞳が開いた。

互いに目を見合う。

（……）

大波のように襲いかかってきた源氏だったが、いまは少年のような目になって御息所を見つめている。

（愛《いと》しい人……。すがるような目をして。まだ、あなたは子どもなのね）

御息所は微笑んだ。守ってあげたいものに微笑みかけるように。いや、生まれる前の世界にいる、わが子の名前をよぶように。

（あなたの血はわたくしのなかを彷徨《さまよ》いはじめている。あなたはわたくしの胎内にいる。ほほほ。わたくしは永遠にあなたを産まないわ。ずっとあなたは、わたくしのものよ……)

吸いとった血に愉悦《ゆえつ》して、蜘蛛《くも》はわが身を抱く。若い桜守は吸われた血を追うかのように、その上から蜘蛛を抱いた——。

やがて朝が訪れた。蜘蛛は、散り敷いた花びらをあわせて花芯《かしん》にもぐりこんだ。桜守はふたたび満開の姿をみせる八重桜に、立ち去りかねて茫然《ぼうぜん》としている。

「もうお帰りにならないといけませんよ。朝日が昇らぬうちに、さ、はやく……」

御息所《みやすどころ》は源氏をうながした。

源氏は、そのまなざしに万感の思いをこめて六条をあとにした。見送る御息所の背後から、ためらいがちな衣擦《きぬず》れの音が近づいてくる。中将《ちゆうじよう》の御許《おもと》であった。

「御息所様……。申しわけございません。気がついたときには……」

「よいのです。しかたがありません。でも……あんなに若いお方とこんなことに」

そういって御息所は嘆息をもらした。

「ご自分をお責めになってはいけません。いつも気高くていらっしゃる御息所様が、わたくしは好きでございます」

（……）

御息所は外に目をやった。つまらない気高さだ、と御息所は思う。

（あの方が、わたくしに想いをよせていることは気づいていたけれど、まさかここまでとは……）

御息所は、源氏が背のびをして周囲の風流人と競いあっているとしか思っていなかった。

とかく風流人は、好きだ嫌いだ裏切ったと、花や鳥にことよせて戯《たわむ》れに歌を贈答する。だが、それは単なる遊びだ。その種の風流ははしたない——。そう思っている御息所は、だから折にふれて源氏がそういった歌を詠《よ》みかけてくると、小さな憤《いきどお》りを感じ、さりげなく忠告していた。

しかし、それをやめない源氏に「まさか」という気持ちもあった。

（わたくしは、あの手の歌は見苦しいからやめるよういってきたつもりだった。でもあの方は真剣だった。歌ではなく、想いを拒まれたと思ったのね。でも、当然だわ。でも想いをよせられたとしても拒まざるをえない。だって、わたくしは春宮妃《とうぐうひ》だったんですもの。そんな軽率なこと、できるわけがない。それに年上のわたくしを、あの方が本気で慕うわけがない。わたくし、そんなに思いあがってはいないつもりだわ。慎《つつし》み深く……そうよ、母君はいつもそういってらした、慎み深くなさいって……)

御息所《みやすどころ》はさらに思いの淵へしずむ。

(そう、あの日は雨が降っていて……わたくしは草紙をみるのにも、あきていた。それで思わず乳母《めのと》にあたったんだわ。庭の桔梗《ききょう》をとってきて。はやくとってきて。あんまりこまらせて乳母が泣きだしたんだった。いま思えば若かったのよ、あの乳母は。なのにさんざんこまらせて、ついには騒ぎを聞いた母君に怒られたんだわ。慎み深くなさいって。そんなにそなたは偉いのですか。仕える者をこまらせるとは、上に立つ者とも思えませんん、て……)

「御息所様……」

中将《ちゅうじょう》の御許《おもと》に声をかけられて、ようやくわれに返った御息所は侍女たちが微笑むのを見るにつけ、情けなくて胸がはりさけそうであった。

(年がいもなく、お若い源氏の君に夢中)

と、侍女たちはきっと陰で嗤《わら》うだろう。屈辱以外のなにものでもない。しかし、とり乱すのはもっと見苦しいと、御息所は思った。

ところが、源氏はその後、それほど熱心に六条に通ってこなくなった。

（あれほど、わたくしに強く迫《せま》りながら……なぜ）

と、御息所には悲しい驚きであった。

源氏は、御息所の気高さに圧倒されていた。将来は春宮妃《とうぐうひ》にと厳しく躾《しつ》けられた彼女には、隙《すき》のない身のこなしが芯《しん》まで染みついている。優雅で、なんでもおしえてくれる姉のように思え、あこがれていた。しかし、いざ男と女の関係になってみると、自分の若さがにわかに気恥ずかしく思われた。

それに源氏は、目ざめたときにあわせた御息所の瞳が、狂気がかった色をおびているように見え、怖気《おじけ》を感じていた。

いっこうに姿を見せない源氏に、

（まさか、からかわれたのでは……。どなたかと賭《かけ》などして、わたくしを利用したのでは……）

と、御息所の心はゆれた。そのうち侍女たちの間に、

「源氏の君は、別のお方のもとへ通っておるそうな。しかも相手は町小路《まちこうじ》に住む女（夕顔《ゆうがお》）とか……」

という噂が、まことしやかに流れだした。中将《ちゅうじょう》の御許《おもと》は、御息所様《みやすどころ》ほどのお方が捨てられるわけがない、単なる噂にすぎませんと、一笑にふした。

御息所は、

（町小路に住む女……。そんな下賤《げせん》な者のほうがわたくしよりもいいのですか……）

と、冷たく反発してみるが、心奥《しんおう》は町小路の女の噂にざわめいている。けれども、だれに訴えることもできない。上にたつ者はつねに優雅でなければならないのかと、御息所はまた思いの淵《ふち》にしずむ。

華やかに薫《た》かれた香。手入れのゆきとどいた庭の草花。歌を書きつけるための凝《こ》った料紙《りょうし》。一分《いちぶ》の隙《すき》もないほどととのえられた邸内が、御息所は怨《うら》めしかった。つい螺鈿《らでん》の硯箱《すずりばこ》の埃《ほこり》を払う自分が、つまらない人間に思えてくる。

こんなとき、紙を引きちぎり、几帳《きちょう》を倒し、筆の一本でも投げつける意気があったら、どんなにすっきりするだろう、と思う。

ものを大切にしなさい、身を慎みなさい、感情をあらわにしてはなりません――。

そういった幼い頃からの枷《かせ》が、ギリギリという音を軋《きし》ませて御息所の心と体を締めあげる。

（あの日のあなたの激情は偽りだったの……罪だわ。こんな年上の女を本気にさせて、いつまでも苦しめて……若いあなたは制止のきかない栗駒のようにいつもどこかへ走っていってしまう。うそよ。あなたはわたくしのなかにいるはず。あなたはわたくしの胎内に宿りつづける桜守……。栗駒なんかじゃない。愛《いと》しい桜守をだれが誘いだしたの。わたくしのなかから、だれが引きずりだしたの。桜守を拐《かどわ》かした女はだれなの……。わたくしの胎内を切りさいていった女……だれなの）

独り寝をしていると、とうてい思いの淵から這《は》い上がれそうもない。どんどん、どんどん深みにはまっていく。そんな自分を、御息所はあわれにさえ思う。

朝になり、淵からめざめ、現《うつつ》に戻って優雅な御息所に還《かえ》る。その時間のなかで、また思いの淵と現の間を浮沈するくりかえしであった。

源氏からときおり文《ふみ》だけがとどくという日々がつづいた。

（ああ、わたくしが壊《こわ》れてしまう……）

ある夜、御息所《みやすどころ》は帳台《ちょうだい》で髪をつかんだ。そのとき、遠くから衣擦《きぬず》れの音が近づいてくるのに気づいた。やがて、

「お母様、もうお休みですか」

と、ひょっこり顔をだしたのは、つい先だって*裳着《もぎ》をすませたばかりの娘であった。

「どうしたのです。こんな夜遅くに」

「月が明るくて眠れないの」

「月と仲たがいとは、まだまだ子どもですね」

御息所は母親の顔に戻っていた。母親は娘に、自分の女を見せない。しかし、そんな母親の秘めごとを娘は敏感に察知する。

「最近、源氏の君はいらっしゃらないのね」

「そうですね。でも、ここに集まるのは霞《かすみ》を食べて奥山に住まうようなお方たちばかりです。若い方には退屈になってきたのでしょう」

「そうかしら……あの方がいらしていたときは、お母様も皆様も、とても華やいでいらしたわ。霞しか食べないとは思えないくらい」

御息所は、はっとした。

（この子がいるから、この境遇にもたえられるのだわ。でもこの子にだけは、わたくしのような物思いをさせたくない……）

御息所は滲《にじ》む涙を見せまいと、そっと娘を抱きよせていた。

ある日――。御息所のもとに、町小路の女が死んだという話が伝わってきた。

御息所に耳うちしたのは中将《ちゅうじょう》の御許《おもと》だった。

「物《もの》の怪《け》に殺されたそうですわ。いい気味です。己《おのれ》の分際も考えずに御息所様にはりあおうだなんて、おこがましいかぎりですもの」

「そんなことをいうものではありませんよ。源氏の君もさぞ、お心をおとしていらっしゃるでしょう」

「それが、源氏の君様も物の怪に当てられて、いまは*殿上《てんじょう》を控《ひか》えていらっしゃるそうです。それにしても、力も考えも、なにもなさそうな女でした。楊貴妃《ようきひ》ではありませんけれど、本当に〝嬌《きょう》トシテ力無《ちからな》ク〟といった女ですわ。あんな女は、果無《はかな》くなって

*裳着《もぎ》／女子がはじめて裳を着る祝いの儀式　*殿上《てんじょう》／御所にある殿上《てんじょう》の間《ま》に上がること

しまうのも簡単で……」

「ずいぶん詳しいですね。まさか、なにか……」

「いえ、わたくしはなにも。噂以上のことは……」

御息所《みやすどころ》に心酔する中将《ちゆうじよう》の御許《おもと》である。下賤な女のひとりくらい殺すのではないかと、御息所はぞっとした。悔しさがこみあげてくる。同時に、そんな女に負けていたのかと、打ちのめされる思いもした。

(もうやめよう。壊れてしまう。わたくしが……)

そう思って源氏との関係を考えなおしはじめた頃、御息所のもとに内裏《だいり》から思いがけない通知がとどいた。

「御息所様ッ、姫様が斎宮《さいぐう》におきまりあそばしました」

「では、姫は伊勢へ……」

その頃、内裏では桐壺《きりつぼ》の帝《みかど》が譲位し、弘徽殿《こきでん》の女御《にようご》の一《いち》の皇子《みこ》(春宮《とうぐう》)が即位し、朱雀帝《すざくてい》が誕生した。帝の代がわりにあわせて、伊勢の斎宮と賀茂《かも》の斎院《さいいん》も代がわりする。斎宮と斎院には未婚の内親王《ないしんのう》や王孫《おうそん》がえらばれる。斎宮にえらばれたら、伊勢神宮へ下向しなければならない。

（娘が伊勢へいってしまう……）

それは御息所にとってかなりの痛手であった。娘がいるから、この境遇にもたえられる。自分ひとり都にとりのこされるのは絶対にたえられないと、御息所は思った。しかも前後して、北の方（葵《あおい》の上）が懐妊したという話も舞いこんだ。

「北の方は左大臣家の姫君でしたね。美しいお方と聞いています。もう長いことつれ添われているのに、お子はまだいらっしゃらなかったのですね。おめでたいこと……」

御息所は他人ごとのようにいうが、中将の御許は拳《こぶし》をにぎって悔しがった。

「こちらにいらしていたときには、北の方とは反《そ》りがあわないって、さんざんおこぼしになってらしたのに……。結局は睦《むつ》まじくしていらっしゃったんですね。なんだか、騙《だま》されているみたいですわ」

「でも、あちらが本来なのですから」

と、笑っていいかけて御息所は声がでなくなった。

しかし、声がでないのではなかった。声をだしたとたん、大声で泣きだしてしまいそうで、でそうになった声をこらえたのだった。

騙《だま》されているみたい——。そう、いいきれる中将《ちゆうじよう》の御許《おもと》が羨《うらや》ましかった。

（そうだ。そのとおりだ。自分もそう思う。本当にずっと騙されているみたいだ。いい年をして……）

もうやめよう。年甲斐《としがい》もない恋をするものではない。わたくしも伊勢へいこう。同行のお許しをいただこう。娘は裳着《もぎ》をすませたばかりなのだもの——。思いの淵《ふち》はさまざまに乱れる。それでもけじめをつけなければと、御息所《みやすどころ》は思った。

その年の賀茂の祭りで、源氏の君が斎院の*御禊《ごけい》に供奉《ぐぶ》することがきまった。

祭りの日、斎院と供奉の公卿《くぎよう》たちの行列は、宮中から賀茂神社にむけて絵巻物のように進む。これをひと目みようと、毎年、一条大路は大変な人出となる。絢爛《けんらん》な桟敷《さじき》が設置され、物見の車が所狭《ところせま》しとひしめきあう。今年は源氏の君も供奉するとあって、騒ぎはさらにふくれあがった。

（あの方の晴れ姿を見て、もうきっぱりあきらめよう。あの方はわたくしが伊勢へいくといっても、とめてはくださらなかった。その程度なのです、きっと……）

その日、あまり仰々《ぎようぎよう》しくない網代車《あじろぐるま》を二台仕立てて、御息所は娘と侍女たちと一緒に一条大路へでかけた。

「お母様、やはりすごい人出だわ。ほら、もうあんなに車が立ててあって」

斎宮《さいぐう》にきまったというのに、娘はまだ子どもっぽさがぬけない。御簾《みす》うちから外をのぞいてはしゃいでいる。

「静かになさい。外から見えますよ」

娘を注意しながら、御息所は久しぶりに心が晴れやかであった。

（もうこれで都も見納め。あの方も見納め。主上《うえ》が代わらないかぎりわたくしは一生、伊勢で暮らすんだわ。もう二度と都には戻らないかもしれない。伊勢で死ぬなら、それも本望。もう、思いの淵にしずむこともない……）

すっきりした気持ちに多少の悲しさはあったが、それも運命と思う決意を、御息所はした。そのときだった。

「その車、少し動かしてもらえませんかね」

見知らぬ車の従者から声がかかった。

＊御禊《ごけい》／天皇が即位したあと行われるみそぎの儀式

「あとからきて、なにをいうか。こちらはそうそう気安く声をかけてよい車ではないのだぞ」

御息所《みやすどころ》の車の従者が応対している。

「たしかにいい御車《みくるま》だ。だが、こちらは大将殿《だいしょう》の縁《ゆかり》の車だ。今日は晴れてのお役目。それをごらんになるお方の車なんでね」

(大将殿の縁の車……。まさか左大臣家の姫君……)

御息所の胸に不安がよぎる。ここで一番、会いたくない車であった。従者が無視をきめこんでくれることを祈りたい気持ちだった。しかし、従者は両方とも祭りの勢いで酔いが回っている。

「なにを。こっちだって大将殿の縁のものだ。分を弁《わきま》えろ。だれだと思っている」

「ほう、さてはおまえたち、六条あたりの田舎者だな。へっ、六条から一条までくるんじゃ、朝も早くから駆けつけたんだろうよ。そりゃ、ご苦労なこった。だがな、大将殿のご威光を笠に着るのはやめたほうがいい。いくらあがいたって、本物には勝てやしないんだからな」

「なんだとッ、いわせておけば」

「やるのかッ」

あっというまに人が乱れた。両者のぶつかる勢いに御息所と娘は手をとりあった。いつ乱暴な男たちに御簾《みす》をあばかれ、母娘の姿をさらされるかと思うと、生きた心地もしない。

「お母様ッ」

「しっ、声をあげてはなりません」

目を閉じ、胸を押さえ、御息所はたえる。

（はやく終わればいい、はやく……）

しまいには轅《ながえ》も折られ、さんざんな体《てい》となって車は奥へ押しやられた。

いっぽう左大臣家の車はなにごともなかったかのように、悠々《ゆうゆう》と車を立てている。

「お母様……」

御息所の顔から血の気が引いていた。唇は青く、震えている。

「帰りましょう」

御息所がいう。しかし、周囲は車が立てこんでいて身動きがとれない。物見の人々のあいだから嗤《わら》い声がおきる。そのうえ、

「本妻（北の方＝葵の上）に挑むとはなんと強気な……。先の春宮妃《とうぐうひ》もおちたものよ」

そんな声も聞こえてくる――。

（ああッ、もういやッ……）

思いの淵が一気にあふれる。喉《のど》を締《し》めて叫びを殺す。しかし、煩悶《はんもん》はとめようがない。そのとき、

「行列がやってきたぞッ」

と、叫ぶ物見の人々の声が聞こえた。しかし、奥へ押しやられた車から行列は見えない。はやす声、感嘆の声、手拍子……。華やかなざわめきが一気にわきおこった。いま、源氏がここをとおり過ぎているのが手にとるようにわかる。けれども行列はおろか源氏を見ることとすらできない。かろうじてかすかな隙間から外を望むしかできない。

御息所《みやすどころ》は、

（こんな憂《う》き目《め》にあうとは……こんな屈辱にたえねばならぬとは……。この行列を見届けて、潔《いさぎよ》く、きっぱりあきらめるつもりだったのに……）

そう思い、はらはらと涙をこぼした。

打ちのめされた御息所は六条に帰りつくや、床についてしまった。

あくる日――。

「御息所様。源氏の君様が、お見舞いにいらっしゃいましたけれど……」

中将《ちゅうじょう》の御許《おもと》が気まずそうにとりついだ。

「会いたくありません。邸内には斎宮《さいぐう》もおわします。おひかえください、と」

「では、そのように」

（もうたくさん……）

御息所は耳をふさいだ。

（あの方がわたくしを想っていないのはわかっている。あの方はすっかり北の方に夢中。わかるわ、お産が近いのですもの。わたくしのときだって、先坊《せんぼう》様がそれはそれは心配してくださった。わかっている。わかっているわよ。でもなぜ、あんな祭りの場所で恥をかかされなくてはいけないの。わたくしが嫌いなら嫌いで、勝手にいなくなればいい。わたくしが伊勢へ下るといっても、あなたはなにもおっしゃらない。あなたもわたくしがあなたを避けているかのようにお思いになるのね。ええ、そうよ。

もともと、つりあわぬ恋ですもの。けれど、わたくしがこのまま伊勢へいけば、世のなかの人は嗤《わら》うわ。正妻に負けた女。尻尾《しっぽ》を巻いて逃げる犬。若い公達《きんだち》に捨てられた年増《としま》の色狂いと……)

御息所《みやすどころ》は知らぬ間にまた、それがくせの思いの淵《ふち》にしずんだ。

(ああ、でもなぜ、わたくしがそんな屈辱を。なにも知らないくせに。なにも見ていないくせに。伊勢にいったら、本当に源氏の君との関係が終わってしまう……。いいのよ。終わりにするために伊勢へいくのだから。でも、でもね、泥に汚れるのがわかっていても、田植えする民《たみ》は泥につかるの。わたくしも、この恋をつづけるのは屈辱以外なにものでもないことがわかっている。でも駄目なの。情けないわ。駄目なのよ。やっぱりあなたを、あきらめきれない……)

御息所の思いつめ方は尋常ではなかった。

やがて御息所は居をうつし、加持《かじ》や祈禱《きとう》をうけるようになった。そんな御息所の様子をうかがいに源氏が忍んできた。

「家のほうも大変で、なかなかこちらにもこられません。妻にとり憑《つ》いた物《もの》の怪《け》が酷《ひど》いのです。お察しくださいい」

「たまにいらっしゃれば、いいわけばかりですのね」

そういいつつ、朝ぼらけに帰っていく源氏の水際だった姿を見ると、やはりあきらめきれない。あきらめようがないと、御息所の心はふたたび乱れる。

（桜守のあなた。帰るといって、どこへ帰るのです。あなたが帰る場所はここしかないのに。なにを思い悩んで心を乱しているのやら。わたくしはね、あふれんばかりの花びらをふりまくの。あなたの体の上にかぎりなくふりまくのよ。そのひとひら、ひとひらがね、あなたの肌にぴったりと吸いつくの。そのままあなたの熱さに腐るの。あなたの体の上で腐るのですよ。あなたは桜の腐臭をただよわせる。あなたも腐る。そしてあなたに抱かれるものは、ことごとく、みな腐る。ほほほ……）

さらに深く思いの淵にしずんでいく。

（腐った花びらの下には蜘蛛《くも》のわたくしがいるのです。駄目よ。逃げられないわ。さぁ、血を、血をおだし。おまえだね。桜守をうばったのは。わたくしの胎内から桜守をひきずりだしていったのは。おや、子どもがいるの。生意気な。関係ないわ。子どもと一緒に血にまみれるがいい。そのまま血にまみれて死ねばいい。わたくしの桜守をうばったのはおまえだ。美しい顔をして。でもおまえは腐るのだよ。爛熟《らんじゅく》してとける。もっと、もっと、もっと……)

「御息所様《みやすどころ》……」

中将《ちゅうじょう》の御許《おもと》がよびかける。はっとして意識を取りもどすと、手は自分の髪をにぎっている。そのにぎっている髪が、北の方(葵の上)の髪のように思われた。

中将の御許がいう。

「北の方は、なにかひどい物《もの》の怪《け》で苦しんでいらっしゃるそうですわ」

「物の怪に……」

「それが……御息所様の生《い》き霊《りょう》だという噂なのです。先日の車争いといい、今回の噂といい、わたくしはもう腹がたって……」

(そなたは聞きたくもないことまでしゃべりすぎます……)

そう思いながら御息所は静かに目を閉じた。瞼《まぶた》に、美しい姫を打ちたたく鬼の姿がうかぶ。あたりいったい桜の花びらが乱れ散っている。

(このわたくしを、だれか助けて。いいえ、だれが助けるの。だれも助けてなんかくれない)

ひき絞り、振りはらい、鬼の打擲《ちょうちゃく》はつづく――。

「御息所様ッ」

中将の御許の声が聞こえる。さらに、

「先方は無事、お生まれになったそうですわ」

そういう声も遠くに聞こえる。

御息所は、もう幾日も、夢か現《うつつ》かわからない世界にいた。束ねた黒髪でたたく。絡《から》める。ひきちぎる。腐爛《ふらん》した花びらが美しい姫をおおいつくす。そして、変色した薄紅からいっせいに腐臭がたち昇る。

「御息所様ッ。北の方が、お亡くなりになったそうです」

（え……）

ぼんやりしていた意識が忽然《こつぜん》と醒《さ》める。

「北の方が亡くなられた、ですって」

「はい。お産のあと静養されていて……。なにやら急に容態がお悪くなられたとか」

御息所は慄然《りつぜん》とする。

（まさか、わたくしが……）

そう思い、はっとする。自分の体から護摩《ごま》に焚《た》く芥子《けし》の香りがたち昇ったように感じられたからだ。

「中将《ちゅうじょう》……。わたくし、なにかおかしな匂いがしませんか」

「匂いですか。いいえ、いつもどおり御息所《みやすどころ》様の香りですわ」

「髪を洗います。今日は日がいいか、暦を調べておくれ」

「御髪《おぐし》をですか。先日お洗いしたばかりなのに……」

「いいのですッ。洗います。用意をしなさい」

髪を洗い、衣をかえても、芥子の香りはきえなかった。御息所は、

(ああ、どうしよう。人は妄執《もうしゅう》が固まると、生き霊《いりょう》にもなるというけど……)

そう、不安に思いつつ源氏へ弔問の文をやった。

源氏の返書にはさりげなく、あまり思いつめませんようにと、書き添えられてあった。

(やはり……あの方も気づいている……)

深い絶望が御息所をおおった。

御息所は、嵯峨野にある野《の》の宮《みや》へ居をうつした。野の宮は、*潔斎《けつさい》のために斎宮《さいぐう》が一年間こもる仮の宮殿である。

（ここは、俗世から隔離《かくり》された場所。神への奉仕と祈りをするところ。そして霞《かすみ》を食べて奥山に住まうような者たちが、憂き世をはなれて遊ぶ仙境……）

「中将……。久しぶりに歌あわせでもしましょうか。いつもの皆様をおよびして」

と、御息所は微笑みながらしとやかにいった。生来とかわらぬ上品で落ちついている御息所に、中将《ちゆうじよう》の御許《おもと》はほっとした。

「そうですね。野の宮は寂しいところですから、少し明るいお題を考えましょう」

「いけませんよ。いくら寂しくても、ここは潔斎の場所です。少しは遠慮をしなければ。でも、ごらんなさい。手を入れた庭とはちがう、この茫々《ぼうぼう》とした草野原。いったい、どこまでつづくのでしょう。このまま浄土までつづくのかしら」

「御息所様、それをいうなら黄泉《よみ》の国《くに》ですわ。ここは国《くに》つ神《かみ》の宮所《みやどころ》。仏の寺ではありませんもの」

＊潔斎《けつさい》／心身の汚れを清めること

中将《ちゆうじよう》の御許《おもと》が得意気に答える。

（黄泉《よみ》の国《くに》……）

御息所《みやすどころ》の思いが、また淵《ふち》にしずみはじめる。

（昔、イザナギノ尊《みこと》は、死んだ妻のイザナミノ尊に会いたくなって黄泉の国へいった）

そう、それから妻の姿を見たイザナギノ尊は、そのかわりはてた様子に驚き、この世へ逃げ帰った。恥をかかされたと憤《いきどお》ったイザナミノ尊は夫を追いかけたけれど、途中の黄泉比良坂《よもつひらさか》を岩で閉じられて途方にくれた。ああ、ひどい男神。自分から黄泉の国を訪れたくせに、勝手に恐れて逃げだすなんて——。

（わたくしはいつも思ったわ。哀れなのはイザナミノ尊様。追えば追うほどイザナギノ尊は逃げる。きっとイザナミノ尊は夫のイザナギノ尊を追っているとき、血の涙を流していたにちがいないのよ……）

いつしか御息所の思いは源氏にむかっている。

（なぜ逃げるの。わたくしが醜《みにく》いから……わたくしの本性を知ったから……。あのお返事の文は、わたくしにとって黄泉比良坂の岩なのだわ。もう、あなたとわたくしは通じあうことなどできない。永遠に別々の世界に生きるのよ。でも、あなたはイザナギノ尊よりひどい人。きっとまたやってくる。黄泉比良坂の岩を開けて、こっそりわたくしの所へ……。そのとき、わたくしはまたあなたを追ってしまうんだわ。花びらを降《ふ》り零《こぼ》しながら。蜘蛛《くも》の糸を吐きながら。あなたはひどい桜守。わたくしは愚《おろ》かなイザナミノ尊……）

「御息所様、今宵《こよい》も月がきれいですわ」

中将の御許がうっとりした声をあげた。御息所はじっと草の波を見つめている。

忽《タチ》チ聞《マ》ク《キ》　水上琵琶《ビワ》ノ声……。

野の宮に風が吹きわたる。簡素な鳥居が月の光に黒々と浮かんでいる。鳥居のむこうは現《うつつ》の闇。こちらは神の国。現の闇の遠くから、馬の嘶《いなな》きが風にのってかすかに聞こえてくる。

（イザナギノ尊が黄泉比良坂の岩を開けたのだわッ）

御息所は、深々と思いの淵にしずんでいた。

＊黄泉比良坂《よもつひらさか》／黄泉の国と現世との境にあるとされる坂

■解説——六条の御息所と光源氏

〝おさえられない自分の恋心〟に怯《おび》える女性心理

六条《ろくじょう》の御息所《みやすどころ》は最高の貴婦人と評されています。教養があり、自尊心が強く、風流でたしなみ深い——。もともと春宮妃《とうぐうひ》だったというのですから、見目麗《みめうるわ》しいのはもちろんです。家柄も大臣家の出身で申し分ありません。

しかし、申し分がないはずの彼女はとんでもない姿に豹変《ひょうへん》します。生《い》き霊《りょう》（怨《おん》霊《りょう》）です。原典では葵《あおい》の上《うえ》を殺し、紫《むらさき》の上《うえ》を殺し、女三《おんなさん》の宮《みや》を出家させます。夕《ゆう》顔《がお》を憑《と》り殺したのも彼女ではないかという説があります。

なぜ、彼女は生き霊となったのでしょう。

むやみに霊魂を飛ばされるのは迷惑な話ですが、生き霊や物《もの》の怪《け》のほとんどは、ストレスやヒステリーによる幻覚だといわれています。自分の心のなかに生じた強迫観念に、自分で勝手に怯《おび》えるのです。

つまり、御息所《みやすどころ》が「葵の上を殺してしまった」と悩むのは、単なる思いこみです。実際に彼女の魂がなにかをしたわけではありません。しかし、自分がそうしている姿を、彼女は夢か現《うつつ》に見るわけです。相当に思いつめていたことはまちがいないでしょう。

彼女は周囲から最高の貴婦人と賞賛され、風流人のリーダーとしてサロンまで主宰しています。ゆったりかまえていればいいのですが、それができません。なぜなのでしょう。

理由があるとすれば、それは気の弱さ、自信のなさのように思われます。当代一の貴婦人と評される彼女は、その実、とても気の小さい、自信などまるでない女性だったのではないでしょうか。

彼女は春宮妃になるべく育てられました。礼儀作法にはじまって、歌、管弦、教養など、あらゆることを徹底的に仕こまれたはずです。原典には彼女の兄弟の話がまったく出てきませんから、もしかしたら彼女は大臣家の一人娘だったのかもしれません。となれば、彼女には過剰の期待がかけられます。真面目な彼女は親の期待に応《こた》えて努力したはずです。だからこそ晴れて春宮妃となり、最高の貴婦人と評価されるにいたったのです。

しかし、表面上はともかく、内面はどうだったのでしょう。もし彼女が気の弱い、どちらかといえば内向的な性格だったとしたら、成長の過程で彼女の心に相当な無理が生じたと考えられます。

いくらたおやかな姫君でも、他人を押しのける傲慢さ、押しのけられても言《は》い上がるタフさがなければ、後宮《こうきゅう》というところは地獄です。小心な彼女は虚勢《きょせい》をはることをおぼえたのではないでしょうか。少々虚勢をはりすぎて、自尊心が強いなどともいわれます。しかし、それはあくまで彼女の虚像です。ところが周囲はそんな彼女の姿をあたりまえのように思います。なかには中将《ちゅうじょう》の御許《おもと》のような信奉者までいて、彼女は息をぬく暇もありません。

となれば、彼女が唯一ホッとできる場所は心のなかしかありません。彼女の妄想への逃避、すなわち思いの淵へしずむのは、春宮妃修業をつうじて、いつのまにか習慣化したのではないでしょうか。そして、それは宮中での生活が長くなるにつれて深まっていったにちがいありません。

春宮が他界したとき、「そのまま宮中にお住まいになればいいのに」という帝《みかど》の言葉をふりきって、彼女は六条の実家に戻っています。がんばることに疲れていたからではないでしょうか。

ただ、彼女の誤算は、周囲が彼女を放っておかなかったことです。結局、その後も彼女は完璧な女性を演じつづけなければなりませんでした。

しかも、源氏の君という若くて一途《いちず》な貴公子に虚《きょ》をつかれ、一気にパニック状態におちいって悩乱します。そんなに悩むなら年若い源氏を諭《さと》す方法はいくらでもありそうなものなのに、それができないのが彼女の弱さなのです。

結果的に、自分を正当化するために妄想の世界へ逃げこみ、生《い》き霊《りょう》騒ぎまで引きおこしたのでしょう。

夕《ゆう》顔《がお》

蟬《せみ》しぐれの夕暮れどき、うらぶれた五条の町の路地に、西日が容赦《ようしゃ》なく照りつけている。

軒《のき》を争う通りの一角、真新しい檜垣《ひがき》にかこまれた長屋の吊りあげられた＊半蔀《はじとみ》から若い女房《にょうぼう》が路地をのぞいている。女は、この家《や》の女主人《おんなあるじ》の侍女で、名を右近《うこん》という。

右近は、袿《うちき》に申しわけ程度に裳《も》をまとっただけの格好で、広い額《ひたい》を半蔀の内にかかる簾《すだれ》に押しあてている。その賢《さか》し気《げ》に澄んだ切れ長の目は、路地にとめられた網代《あじろ》車《ぐるま》にそそがれている。

網代車は五条の路地には不釣り合いであった。

（おや……）

ふいに網代車の前簾《まえすだれ》がゆれ、狭間《はざま》から二藍《ふたあい》の直衣《のうし》姿が見え隠れした。二藍は名門の子息《しそく》にだけ許される、夏ものの直衣の色だ。

右近は色めきたったが、興奮をおさえながら通りを見つめたまま、家の女主人にいった。

「姫様、いずれかの公達《きんだち》が、お忍びでこちらへいらしているのやもしれませぬ」

部屋の奥で、＊脇息《きようそく》にもたれながら右近の後ろ姿を見るともなく見ていた姫は、

「そのように端近《はしぢか》にいては、そなたのほうが人目にふれてしまいますよ」

と、おっとりした口調でたしなめた。白の袷《あわせ》の上に重ねた薄紫の表着が、肌理《きめ》のそろった白い肌にはえている。あどけない可憐《かれん》な面《おも》ざしのせいで、十九歳という年齢より三つ四つ幼く見える。

「姫様、家に閉じこもったままでは、せっかくの機会を逃がしかねませぬ」

「かまいませんもの……」

「そうやって、いつまでもかつての想い人を待ちつづけるというのですか」

右近は、乳姉妹《ちきょうだい》で同い歳の姫が、暮らしむきに頓着《とんじゃく》しないでいる様子にもどかしさをおぼえている。本当のところ、舌うちしたい気分であった。蓄《たくわ》えがつきるのは、もう時間の問題だったからだ。

　この家の姫が、三位《さんみ》の中将《ちゅうじょう》だった父親についで母親を亡くしたのは四年前、十五歳

＊半蔀《はじとみ》／格子などを打った戸板で、上半分は外へ上げるようにし、下半分は固定してある　＊脇息《きょうそく》／ひじかけ

の夏だった。右近《うこん》は親の庇護《ひご》を失った姫に有力な男君《おとこぎみ》を見つけてこようと、奔走《ほんそう》した。

そのかいあって、左大臣家の長男（葵《あおい》の上《うえ》の兄）、頭《とう》の中将《ちゅうじょう》が姫を訪《おとな》うようになった。

頭の中将に寵愛《ちょうあい》された姫は、翌年の夏、めでたく身ごもった。

けれども、頭の中将の正妻である右大臣家の四《よつ》の君《きみ》は、姫の懐妊《かいにん》を許さなかった。

あらくれ者を遣《つか》わし、

「分《ぶん》を弁《わきま》えよ。都から失《う》せよ」

と騒ぎたてた。あまりの恐ろしさに姫は親から受け継いだ家を、夜逃げ同然で離れざるをえなくなった。追いこまれた姫は生まれた娘を乳母《めのと》にあずけ、素性を隠して住まいを転々とする身となった。五条の家も、*方違《かたたが》えのための仮の宿りで、このあと伝《つて》を頼って山奥の家へ移る手筈《てはず》になっている。

暮らしむきはおちるところまでおちていた。このままでは体面《たいめん》を保つことができないので、いずれは姫の出家《しゅつけ》ということも考えなくてはならない。

出家ということになれば、右近も俗世間をすてなければならない。右近としては、それだけは避けたかった。

（はやく姫様に有力な男君を見つけなければ……）

そんな右近の胸中を知ってか知らずか、姫はいまでも頭の中将の面影を追っていた。

右近はあらためて路地の網代車《あじろぐるま》に目を凝《こ》らした。

（あら……）

二藍《ふたあい》の直衣《のうし》姿の男が車の前簾《まえすだれ》をあげ、付近の家々をもの珍しげにながめている。まず、公達《きんだち》にはありえないふるまいである。

（きっと男は、身分の低い者たちが住むこのあたりには、自分を知る者はいないと油断したのだろう）

そう思いながら、男の立烏帽子《たてえぼし》の下の涼しげな目もとを見たとき、息をのんだ。

（あのお方は……）

主上《うえ》の寵児《ちようじ》、いまをときめく御歳《おんとし》十七歳になる源氏の君ッ――。

とっさに右近は、病に伏《ふ》した隣家の老女が、かつて源氏の君の乳母《めのと》をつとめていたという話を思い出した。場末《ばすえ》とはいえ、縁《ゆかり》のある者がいるところなら、源氏が訪れて

＊方違《かたたが》え／陰陽道で、行く先に天一神がいるような方向を避けること

くる道理もある。

(源氏の君にちがいない……)

ならば、女主人にとってこれ以上望むべくもない相手である。

(あの方と姫様が結ばれたら、この頼りない暮らしから抜けだすことができる……)

右近《うこん》の目が、年増《としま》の遣《や》り手《て》女のようにするどく光った。

二藍《ふたあい》の直衣姿《のうしすがた》の男は、軒に咲く夕顔の白い花を珍しがり、さかんに若い随身《ずいじん》*と花の話をかわしている。

(うん……ッ)

名案のうかんだ右近は次の瞬間、裳《も》の裾捌《すそさば》きも鮮やかに文机《ふづくえ》の前へ座った。そして得意の草書で、歌を扇に書きつけた。

心あてにそれかとぞみる白露《しらつゆ》の
光そへたる夕顔の花
(もしかしたら光の君かしらとあて推量をしております)

書き終えると、ただちに家の十歳になる女童《めのわらわ》をよんで扇を預け、噛《か》んでふくめるように、こうおしえた。「夕顔は蔓草《つるくさ》で頼りない花ですから、この扇にのせてご主人におわたしください、といって、あの網代車《あじろぐるま》の随身に渡すのですよ」

自分で扇をとどけるより、きよらかな＊尼《あま》そぎの女童にとどけさせるほうが、いっそう源氏の興味をそそると、思ったからだ。

女童が家を走りぬけだすと、それまで右近の動きをぼんやりながめていた姫がおもむろに半蔀《はじとみ》によってきて、女房たちにならんで外の通りをのぞくと——。

ちょうど二藍の直衣姿の男が、扇にのせられた夕顔の花を、若い随身からうけとるところであった。

（あッ……頭《とう》の中将《ちゆうじよう》様）

とっさに姫はくぐもった声をもらした。頭の中将も、よく二藍の直衣を着用していた。右近はあえて正すことをしなかった。源氏の君だとわかれば、姫は気後れするかもしれないと思ったからだ。

＊随身《ずいじん》／付き人、護衛、従者　＊尼《あま》そぎ／子供の髪型。尼のように髪の毛を肩で切りそろえたもの

その夜――。

右近《うこん》が心ひそかに待ちつづけていた源氏の返歌《へんか》が、家にとどけられた。

よりてこそそれかともみめたそがれに
ほのぼのみつる花の夕顔

（もっと近くにより、わたくしがだれなのか、たしかめてみてはいかがですか）

*懐紙《ふところがみ》に記された返歌に目をとおした右近は、ひとりほくそ笑んだ。思惑どおり源氏がこの家の女主人《おんなあるじ》、姫に興味をもってくれたからだ。

「右近、なにをひとりで笑っているのですか」

「なんでもございません。姫様はご心配なさらず、すべてこの右近におまかせくださ い」

そういって右近は源氏からの文をそっと懐にしまいこんだ。

翌日、愛嬌《あいきよう》のある顔をした小男が家を訪ねてきた。むろん源氏の使いであるが、小男は身分をあかさなかった。この家の若い女房のひとりに懸想《けそう》（恋慕）したふうを装っていたが、右近には見おぼえがあった。病に伏した隣家の老女のもとへ、このところ出入りしている男である。

（ならば、源氏の乳兄弟《ちきようだい》で、腹心の部下の惟光朝臣《これみつのあそん》……）

話し上手の惟光は、やってくるたびに家の若い女房たちを笑わせた。そのいっぽうでさりげなく姫の素性に探りを入れてくる。そのたびに右近は上手にかわし、けっして姫の素性をあかさなかった。

十日ほどがすぎた。源氏が姫への興味を募《つの》らせていく様子が、惟光の言葉の端々から読みとれる。

ある日、惟光はとうとう主人の名をあかし、なりふりかまわず右近に取り入ろうとした。

＊懐紙《ふところがみ》／常時、折りたたんで懐に入れておく紙

それでも右近《うこん》は姫の素性をあかさなかった。

その夜、惟光《これみつ》は帰りがけに右近を几帳《きちょう》の陰によぶと、

「まだ、姫君の素性をおあかしくださらないのですか……」

懇願するようにささやいて、おもむろに跪《ひざまず》いた。

（はて……）

と思う間もなく惟光は、右近の足の指を一本ずつ口にふくみ、愛撫《あいぶ》しだした。

（ああ……な、なにを）

体をのけ反らせながら、

「……い、いえませぬ」

右近はうわごとのようにくりかえす。その右近の薄衣《うすぎぬ》の胸もとからあふれる白い乳房の谷間に、汗の玉が光る。とうとう右近はその場にへなへなとくずおれた。

だが、襖障子《ふすましょうじ》一枚へだてた隣室には姫が眠っている。そこでふたりは簀子《すのこ》縁《えん》にいざり出て、暗闇のなかで情を交《か》わした――。

ことを終えると、惟光は立烏帽子《たてえぼし》を正しながらこういった。

「殿の、こちらの姫君への想いはなみではありません。どうかわたくしの立場も察し

てくだされ」

右近は薄衣の胸もとをたぐりよせ、袴《はかま》の紐《ひも》を結いなおしてから答えた。

「身分がちがい、素性が知れぬ女性《にょしょう》が、単にめずらしいのでございましょう」

「たしかに。だれに吹きこまれたのか、殿はそうした身分のなかから興味深い女性を見つけるのだと、しきりと口にしていますから」

惟光はあっさり認めた。右近は惟光の率直《そっちょく》さに驚きながらも好ましく思った。そして、そろそろ潮時《しおどき》であろうと思い、

「わかりました。おとりつぎしましょう」

ただし、姫様の素性はあかさぬままに。そのほうが興味をそそり、交わされる情はいっそう濃厚になるというもの――。そう、いった。

「……女性というのは、色事《いろごと》に欲深い生き物ですね」

するど右近は、

「あら、男と女、いずれがそうなのでしょうか」

といい、ふくみ笑いをもらした。

右近は惟光に押しきられて肌を許した格好だが、こうなることを当初から望んでい

た。相手の術計《じゅつけい》にはまったふりをして、ことを進める――。右近《うこん》は惟光《これみつ》の温《ぬく》もりの余《よ》韻《いん》をかみしめながら、どうすれば姫が源氏の寵愛《ちょうあい》を末永くうけられるか、思案をめぐらせていた。

夏がすぎた――。

その夜、闇に沈んだ五条の町はいたるところ虫の音《ね》が響きわたり、秋の寂しさが身に迫って感じられた。

「姫様にお目どおりをと、おっしゃるお方がおみえですが」

すでに床に就《つ》いていた姫に、右近は几帳《きちょう》ごしに声をかけた。姫は大儀そうに半身を起こすと、不審そうにいった。

「こんな夜更《よふ》けに……どなたかしら」

「お名前は、おっしゃらないのですが」

「素性の知れない人なの」

と怪訝《けげん》そうに問い返し、

「物《もの》の怪《け》が徘徊《はいかい》するような時分《じぶん》にあらわれ、名もあかさないとは……。怪《あや》しげな化身《けしん》の類《たぐい》かもしれぬ」

そういった。姫はもの恐れする質《たち》で、あやかしの類を人一倍怖《こわ》がる。

そこで右近はとりなすようにいった。

「先般《せんぱん》の御車《みくるま》のお方にござります」

すると、微《かす》かに姫の表情が綻《ほころ》んだようにみえた。

そのとき、生絹《すずし》の几帳が乱暴に払いのけられた。

（……ッ）

すっと立つ、背の高い男が月の光に浮かびあがった。男は扇で顔をかくしている。

「だれじゃッ。右近、右近はいずこッ」

姫はとっさに胸もとをかきあわせながら後ずさりし、叫んだ。しかし、右近はあらわれない。男は無言で几帳内に一歩二歩と歩み入り、いきなり姫を抱きすくめた。姫の体は男の両袖《そで》にうずもれた。その両袖から上品な香りが匂いたつ。

（……こ、これは、頭《とう》の中将《ちゆうじよう》様と同じ匂い）

そう思ったとたん、いいしれぬ懐かしさが胸にこみあげてくる。次の瞬間、もつれあった拍子に姫の腕が男の扇を弾《はじ》きとばしていた。あらわれた男の顔は、しかし白い布でおおわれていた。わずかな布の隙間《すきま》から目と口だけがみえる。

（……ッ）

驚き抗《あらが》う姫を封じるかのように、男は姫の唇をすう。

（……あっ、あっあっ）

姫のおさえた声音《こわね》はいつのまにか、かすれた喘《あえ》ぎ声にかわっていた。

男は慣れた手つきで姫の薄衣をはぎ、袴《はかま》の紐《ひも》をといていく。

（ああ……）

一瞬にして褥《しとね》に晒《さら》された姫の白い肢体《したい》が月の光に浮かびあがる。

見られているという意識が、息遣いを荒くする。

（あなたはだれ……だれなの）

はりのある若い男の肌……十七歳くらいだろうか。出会った頃の頭《とう》の中将《ちゅうじょう》様も、同じ年格好だった。本当に似ている……。強引な求め方も、たちこめる甘やかな香りも、指先のやわらかさも――。

しだいに自分がいま、だれと結ばれているのか、わからなくなった。そして、身も心も開けわたしたかのように、男の求めに応じていた。

男は女の体の素直さに驚き、大胆な愛の所作《しよさ》をくりひろげる――。

長い時がすぎて、静寂がふたりをつつんだ。競い鳴く虫の音がかまびすしい。ふたりは疲れに身を沈めるようにして眠った。

目をさますと、寝所《しんじよ》は激しい閨事《ねやごと》がうそだったかのように静謐《せいひつ》さにあふれていた。

「あなたはいったい、だれなのですか」

「あなたこそ、だれなのです」

男は静かに問い返し、姫の豊かな黒髪を弄《もてあそ》ぶように指先にからませてこういう。

「たおやかな人。わたくしは、あなたのような人を求めていたのです。さあ、じらさずに名をあかしてくださいな」

姫は静かに微笑《ほほえ》みながら、首をふった。

翌朝――。右近《うこん》は寝所の几帳《きちよう》の隙間からそっと姫の寝顔をうかがった。すでに日は高くあがっていたが、まだ姫はまどろんでいる様子で起きてくる気配がない。昨夜の余韻《よいん》にひたっているのだろうと右近は満足気にうなずき、
「後朝《きぬぎぬ》のお使いの方がおみえになりましたよッ」

几帳《きちょう》ごしに朗《ほが》らかに声をかけ、隣室にさがった。

ほどなくして袴《はかま》をたぐりあげる衣擦《きぬず》れの音が聞こえてきた。ようやく姫が起きだしてきた。右近《うこん》は襖障子ごしに上機嫌にいう。

「お使者が着いたとき、姫様はぐっすり眠っておられましたから」

ところが、寝所《しんじょ》から出てきた姫はうかない顔をしていた。

「いかがなさったのですか、姫様……」

右近が訝《いぶか》しげに尋ねると、姫はちょっとためらう様子を見せてからこういった。

「まるで人でないものと契《ちぎ》ったような心地です。名のらないばかりか、顔を白い布でおおい、素顔もお見せくださらなかった……」

「おふたりきりになっても、覆面《ふくめん》を外《はず》さないのですか」

右近は思わず問い返す。

「ええ。わたくしが名のらないから、自分も素性をあかさないと……」

「そうでしたか……。でも、姫様がお名のりするのは慎重になさったほうがよろしいかとぞんじます」

「わかっています」

「お名をあかしたら、また頭《とう》の中将《ちゅうじょう》様の奥方の手の者がやってくるやもしれません」

右近は釘を刺した。ここは、ぎりぎりまで素性を隠しておくほうが得策だと踏んだからだ。

その夜もまた、源氏の君は五条の家に姫を訪《おとな》ってきた。はじめての逢瀬《おうせ》から十日ばかりが経っていたが、毎夜のごとく通ってきている。

ふたりが寝所に入ると、右近と惟光《これみつ》はいつものように縁《えん》の端近くで時をすごす。

「おふたりは本当に仲むつまじくいらっしゃって」

右近は目を細めていった。すると惟光は、

「まったくこまったものですよ」

と、意外な言葉を口にした。

「はて、これは異《い》なことを……。惟光殿は、殿のご期待にそえてご満足では……」

右近は、惟光の言葉が腑《ふ》におちない。

「うちの殿には、通わなければならないところが、あまたあるのです。それらの方々を蔑《ないがし》ろにしては、恨みをかうというものです」

そう不機嫌そうにいい、惟光《これみつ》は自分の首筋にとまった蚊《か》をたたいた。蚊は逃れて飛んでいった。惟光はもって行き場のない憤《いきどお》りを紛《まぎ》らわすかのように指貫《さしぬき》の膝をたたき、

「先般も、こちらへ文をとどける途中、左大臣家の者と顔をあわせましてね。左大臣家というのは殿のご正妻、葵《あおい》の上《うえ》様のご実家ですが……」

といって、口もとを歪《ゆが》めた。

右近《うこん》は、はっとした。

(すると、あの頭《とう》の中将《ちゆうじよう》様の妹君が殿のご正妻……)

右近は妙な因縁を思わずにいられなかった。

「わたくしは皮肉をいわれましたよ。しかし、格式からいえば、左大臣家がうちの殿に気を使う立場ですから、まだいいのです。それに、葵の上様は夜離《よが》れ*になれていらっしゃる。ところが六条《ろくじよう》のお方は」

「亡くなった先の春宮妃《とうぐうひ》の……」

右近は声をひそめた。

「そう。あのお方は殿の心がわりをうらみに思い、生《い》き霊《りよう》となって夜の都を徘徊《はいかい》しているという噂を耳にします」

「生き霊……ッ」

「あくまで噂ですよ。いずれにしても主上《うえ》の手前、先の春宮妃を軽んじることがあってはならないのです」

惟光はきっぱりいった。

右近はため息をついた。左大臣家の娘と先の春宮妃の存在は重い。素性をあかさぬ逢瀬《おうせ》にもかぎりがある。姫は「名も素性もあかさずに契《ちぎ》るのは、一時の慰めとみているため。別れのための布石」と嘆き、「殿にこれ以上ひかれていくのが恐ろしい」と弱音を吐く。それだけではない。心労をともなう夜毎《よごと》の契りで、姫はすっかり面《おも》やつれしている——。

右近は思いをきるかのようにいった。

「うちの姫様を殿の二条の院へむかえていただくわけにはいきませぬか。妻としての処遇をいただけば、周囲の方々もご納得なされるでしょうから」

「心得ちがいをされてはこまります。この世には、分《ぶん》というものがあります。主人に

＊夜離《よが》れ／男が女のもとへ通ってこなくなること＝男女の仲が絶えること

くれぐれもまちがいがないように計らうわれわれ側近が、そのようなことを口走るとは……」

惟光《これみつ》は呆《あき》れたように右近《うこん》を見た。

「しかし、二条の院へ姫様をむかえるお話は、殿がおっしゃったのですよ」

「殿がッ」

「姫とは深い縁《えにし》があるとしか思えない、ならば世の誹《そし》りも甘んじてうけよう、と……」

姫から聞いた言葉をそのままを伝えると、惟光の表情がにわかにかき曇った。

そのとき、寝所《しんじょ》からあきらかにふたりの喘《あえ》ぎ声《ごえ》と思われる声音《こわね》がもれてきた。惟光は憤然《ふんぜん》として席をたち、家を出ていった。

月の光が、隙間だらけの五条の家の屋根板を通って古ぼけた床へ降りそそぐ。

覆面の男と契《ちぎ》る不安は、目を閉じて肌をあわせているときにだけ忘れることができる。

姫はいま、男の胸に頬をよせ、結ばれたあとの余韻に浸っていた。

「素直で愛らしい人。あなたこそわたくしが探し求めていた理想の女性《にょしょう》です」

白い布で顔をおおった男は、よりそう姫の華奢《きゃしゃ》な背中をなでた。

「わたくしはあなたを知るまで、気難しくて手のかかる恋ばかりしてきました」

「……お相手は高貴なお方ばかりなのですね」

「気位が高く、嫉妬《しっと》深くて……あなたとは大ちがいです。あなたは、ありのままをわたくしにみせる。だからわたくしは寛《くつろ》げるのです」

そういって男は姫を抱きすくめると、

「夜あけ前にこの家を去るのがどんなにつらいか……。昼間は、あなたと過ごす夜だけを考え、魂の脱《ぬ》け殻《がら》のようになっているのです。もう、あなたなしでは一日たりともいられない」

と、切々と訴えた。

夜あけが近かった。近隣から臼《うす》をひく音、砧《きぬた》を打つ音など、町の暮らしの息づかいがあけすけに聞こえてくる。

男は几帳《きちょう》のなかから出てくると、右近のひかえている縁《えん》に座った。

西の空には、満月がうかんでいる。

「仲秋《ちゅうしゅう》の名月だ。見てごらん」

男はふりかえって几帳《きちょう》のなかの姫に声をかけた。しかし、姫は几帳から出てこようとしない。かわりに右近《うこん》が答えた。

「姫様は満月が恐ろしいのでございます。月夜に外へ出ると、月に惑わされ、行ったきり帰らない人があると聞きますから」

「唐土《もろこし》では、月は人を狂わせるというが。それにしても今宵《こよい》の月は見事だ。わたくしも月に酔ってしまいそうだ……」

そういっていつまでも月をながめていたが、ふいにこういった。

「そうだ。これから、わたくしの知っている院に行こう。そこでなら気がねなく過ごせる」

「これからですか……」

右近は驚いて聞きかえした。

「そこで一日を過ごそう。そうすれば、わたくしの思いが本物であるとわかってもらえるでしょう」

男は思いつきの趣向にみずから興奮したようにいい、つとたちあがると寝所《しんじょ》に戻っていきなり姫を抱きあげた。そして、驚く姫にかまわず門の内側に引きいれてあった

牛車《ぎつしや》に運び、

「さあ、右近もついてまいれ」

と、高らかにいった。右近はあわててふたりのあとを追った。

「惟光《これみつ》はどうした」

男は惟光の姿が見えないのに気づき、右近に尋ねた。右近が言葉をにごすと、

「まあよい。あやつはこのところ、いささか口うるさいところがあるからな」

と、つぶやいた。

牛車は、夕顔の蔓《つる》が軒《のき》に絡《から》む五条の家をあとにした。

夕顔の白い花が月あかりに狂ったように咲き乱れていた。


牛車は五条の通りを東に走ったのち、ある廃院の前でとまった。留守をあずかる老人が、廂《ひさし》に忍草《しのぶぐさ》の生い茂る門を開けた。牛車は、草木が夜露に光る荒涼《こうりよう》とした庭に引きいれられた。牛車の簾《すだれ》があがっていたためだろう、たちこめる深い朝霧に三人の袖はしっぽりぬれていた。

留守居の老人が西《にし》の対《たい》の御座所《おましどころ》に席をもうけるという。牛車のなかで待つあいだ、

近隣の物音といえるものはなにひとつ耳にとどいてこない。右近《うこん》の目には、立ち枯れた古木の気味の悪い影がうかびあがる廃院は、まるで魔物の住処《すみか》のように映った。

ほどなく、朝餉《あさげ》の支度がととのったという老人の声にうながされて、三人は御座所《おましどころ》へうつった。ところどころ壁の剝《は》げ落ちた部屋に、粥《かゆ》の膳《ぜん》が用意されていた。男と姫はむきあって座り、右近は下座にひかえて給仕をつとめた。

廃院の一室で、顔をおおった男と対座し、膳をかこむというのは奇異《きい》なものだった。姫は面《おもて》をふせたきり、膳に箸《はし》をつけようとしない。

「そんな悲しそうな顔をしないで。これがお気にめさないのなら、外《はず》しますよ」

男はあっさり覆面をはぎとった。気品に満ちた美しい細面《ほそおもて》の顔があらわれる。姫は息をのんだ。

(もしや、光の君……)

でも、主上《うえ》の御子《みこ》ともあろうお方が、自分のような身分の低い者を相手にするだろうか——。

混乱する姫に、

「あて推量の答えがわかって、がっかりしましたか」

源氏は得意気な笑みをたたえて、朗《ほが》らかにいった。

（あて推量……）

右近と源氏の歌のやりとりのいきさつを知らない姫は小首を傾《かし》げた。そんな姫にかまわず、源氏は思いの丈《たけ》をうちあける。

「あなたが素性をあかさないので、わたくしも隠していたのですが、わたくしの負けです。これ以上、素性を隠して、わたくしの気持ちが伝わらないのはたえられません。さあ、今度はあなたの名を聞かせてください」

「……わたくしなど、取るに足らない、名もないものです」

消えいりそうな声音で答えた姫は、男が源氏の君であることをもう疑っていなかったが、身分が低く、そのうえ名も素性もふせて暮らさねばならない事情を抱えている身には、とても名のる勇気はなかった。

「やれやれ。まだわたくしの気持ちを信じていただけないのですね」

源氏は苦笑するばかりだった。

姫は朝粥《あさがゆ》が喉《のど》をとおらなかった。ふたりは朝餉のあと、ふたたび寝所へうつった。

「今日一日、わたくしは都で行方《ゆきがた》知れずとなり、このうらぶれた院で、あなたと過ごします。あなただけを思い、あなただけのために」

「……信じていいのですか」

姫はすがる思いでいった。

「もちろんです」

明るく返す源氏は、姫の言葉を閨《ねや》でかわす睦言《むつごと》の類《たぐい》とうけとめていた。


その日の夕刻、惟光《これみつ》が突然、廃院に姿をあらわした。ようやく源氏の居場所がわかったので、果物《くだもの》の差しいれにやってきたという。

右近《うこん》は、愛嬌《あいきょう》のある惟光の顔をみて、安堵《あんど》の色をうかべた。気味の悪い廃院にひとりとりのこされているようで、心細さを感じていたのだった。

「真桑瓜《まくわうり》は数がありますから、みなで召しあがってください。白桃は殿のお手元へ」

そういって惟光は果物の籠《かご》を右近に手わたすと、行くところがあるからといい、早々に立ち去ろうとする。

「帰ってしまわれるのですか」

右近はとっさに惟光の直衣《のうし》の袖《そで》をつかんでいた。

「ご気分を害していらっしゃるのですか」

「申しあげたはずですよ。くれぐれもまちがいがないように、と」

惟光はそういい、右近にぞっとするほど冷たい目をむけた。そして源氏に挨拶《あいさつ》もせずに立ち去った。

惟光の立腹は右近にも納得がいった。この日、源氏は断りもなく内裏《だいり》への出仕《しゅつし》をとりやめている。そのため主上《うえ》にまで心配をかけていた。側近の惟光にしてみれば、己の身をも危《あや》うくするほどの失態であった。

惟光が院を立ち去ると、右近は白桃を寝所《しんじょ》へ運んだ。源氏はその右近に早々に格子をおろさせ、光のささなくなった部屋に大殿油《おおとなぶら》を灯すよう命じた。

灯《ひ》を入れると右近は襖障子《ふすましょうじ》一枚へだてた隣室に下がり、惟光の持参した真桑瓜を食した。

いつのまにか右近は睡魔《すいま》にひきずりこまれていった。

草深い庭から湿りけをおびた風がわたってくる。

源氏が目をさますと、薄あかりのなか、かたわらでまるで死んだように姫が眠っている。

夕顔の花のように白い姫の項《うなじ》に、源氏は指を這《は》わせながら問わずがたりをはじめた。

「夢のような一日でしたね。わたくしが名も知らぬ女性に溺れていると知ったら、主《う》上《え》は驚くでしょうね。六条のお方が、この姿を知ったら……」

といいかけたとき、源氏の目に白い小袿《こうちき》を着た髪の長い女の姿がぼんやりみえた。

「だれだッ」

源氏の声が院内に響きわたる。隣室で眠りこけていた右近《うこん》もはっとして目をさまし、

「いかがなされたのですかッ」

と、立ちあがりざま声をかけていた。

「枕上《まくらがみ》に女が座っているッ」

源氏の荒あらしげな声がかえってくる。

(女……)

右近は立ちあがったものの、身じろぎもできない。

源氏が目にとらえていた髪の長い女は、源氏を見すえてこういう。

――わたくしというものがありながら、このような下々の女に心を奪われるとは、

恨《うら》めしい……

その声が、源氏の耳についてはなれない。

「ええい、物《もの》の怪《け》よ、失《う》せよッ」

源氏は女にむかって叫ぶ。だが女は薄ら笑いをうかべ、あろうことか姫の胸もとへ両手をのばす。姫の白い顔が苦痛にゆがむ。

「なにをするッ」

源氏は女にむかって大音声《だいおんじょう》をあげる。

いつのまにか、右近の灯した大殿油《おおとなぶら》はきえていた。源氏は立ちあがって太刀《たち》をぬき、枕上に置いた。魔除《まよ》けのためだ。

「女は失せた。右近、もう大丈夫だッ」

その声を耳にした右近が這うようにして寝所《しんじょ》に入ると、源氏は額《ひたい》の汗を拭《ぬぐ》っていた。

「右近、渡殿《わたどの》にいる＊宿直《とのい》に紙燭《しそく》に火をつけてもってくるよう伝えてくれ」

「こ、この院は暗くて恐ろしくて。わたくしひとりではとても参れません」

＊宿直《とのい》／宮中に宿泊して警戒に当たること

右近《うこん》は、震えがとまらない。

(もしや、六条のお方の生き霊《りょう》なのだろうか……)

源氏は宿直《とのい》をよぶため手を打ちならした。その音が、静まりかえった院に反響する。

そのときだった。褥《しとね》に臥《ふ》せっていた姫が弾かれたように身を起こし、

――ぎゃあああッ
人の声とも思えぬ悲鳴をあげた。

「姫様は、ひどくもの恐れをなさいますので……」

「わかった。わたくしが宿直をよんでくる」

源氏はそういい、部屋を出ていった。

右近は姫のかたわらに座って、その手をとった。手は、石のように冷たい。顔には悪夢にうなされたような苦悶《くもん》の色がでていて、ときおり首を左右にふる。

「姫様、姫様っ」

とよびかけるが、姫は目を開かない。

そのとき魔除《まよ》けのために打ちならす弓弦《ゆづる》の音が、物々しく院内に響きわたった。

やがて源氏が紙燭をさげた宿直といっしょに戻ってきた。

「いったいどうしたことか。渡殿《わたどの》の灯も消え、宿直たちもみな、寝入っていたぞ」

源氏は憮然《ぶぜん》たる面持ちでいった。

魔除けの音がいっそう大きくなっている。

「もう大丈夫だ。この家の管理をまかせている者の息子は*滝口《たきぐち》の武士《もののふ》で、魔除けに弓弦をならすのは手慣れている」

そういって源氏は宿直のもってきた紙燭を姫の枕上《まくらがみ》にかざすと、ひと声、こう叫んだ。

「物《もの》の怪《け》め、立ち去れッ」

源氏のいう、妖《あや》しい女がまたもや立ちあらわれたのかと、右近は恐ろしさのあまり姫の臥す褥に顔をうずめた。

あたりの静けさに、もう女は消えたのだろうかと、右近が恐るおそる顔をあげて様子をうかがうと、源氏は仁王立《におうだ》ちのまま空《くう》を凝視していた。

そのとき、夏草の生い茂る庭の闇の奥から、ほー、ほー、ほーと、梟《ふくろう》の嗄《か》れた鳴き

*滝口《たきぐち》の武士《もののふ》／宮中の警備にあたった武士

声が三たび聞こえた。すると源氏はわれに返ったように跪《ひざまず》き、褥《しとね》に臥《ふ》す姫の肩をゆすった。

しかし、姫は身じろぎもしない。

「姫様ッ」

右近《うこん》があふれる涙を拭《ぬぐ》おうともせずとりすがった姫の体から、温《ぬく》みが失われていく。

「……どうして、このようなことに。惟光《これみつ》はどうした、惟光はッ」

源氏はただ同じ言葉をくりかえすばかりで、なんの手だても立てられない。

この夜にかぎって、源氏に影のようにつきしたがっていた惟光の行方がつかめなかった。

ようやく惟光が廃院に姿を見せたのは夜あけ前になってからだった。惟光が寝所《しんじょ》にあがってくると、源氏は張りつめていた心が緩《ゆる》んだのか、声をあげて泣きだした。

褥に横たわる姫の亡骸《なきがら》を注意深く検《しら》べた惟光は、

「ことの真相を外に知らせるのはよくないでしょう」

と低くおさえた声でいい、亡骸を五条の家へは戻さず、山寺で密《ひそ》かに埋葬するよう進言した。

「山寺は、このような曰《いわ》くつきの亡骸のあつかいには慣れておりますゆえ……。わたくしの知っております女房《にょうぼう》が尼《あま》になっている寺が東山にございます。そちらへお移しいたしましょう」

惟光のとり仕切り方は、源氏と同じ歳の若者とは思えぬほど見事であった。惟光は亡骸を褥で巻き、その上から持参した荒縄をかけた。

源氏と右近のふたりはただ、惟光の手際のよさを呆然とながめているだけだった。

惟光は、夜と朝の入れかわる明暗の紛《まぎ》れに牛車《ぎっしゃ》を縁側へ寄せさせた。褥に巻いた亡骸を惟光が担《かつ》ぎあげると、姫の黒髪が一房、端からこぼれた。それを目にして源氏はふたたび泣き崩れた。

「殿はこのまま二条の院にお戻りくださいませ。世間の者が起きだささぬうちに」

源氏はいわれるまま惟光の馬に乗って、ひとり廃院をあとにした。

姫を山寺に葬《ほうむ》ったあと、右近は惟光の口ききで源氏の侍女として召され、二条の院で暮らすこととなった。

二条の院は改築したばかりであり、真新しい木の香りがただよっている。しかし、その香りを楽しむ余裕が右近にはなかった。五条の姫の死は世間に伏せられているはずだったが、どこからもれたのか、姫は六条《ろくじょう》の御息所《みやすどころ》の生き霊《いりょう》に呪い殺されたという噂が、町中でささやかれていた。

二条の院で暮らすようになって十日あまりがすぎた静かな夜のこと――。

右近《うこん》は静寂のむこうに妻戸《つまど》が開く微《かす》かな音を聞いたように思い、耳をそばだてた。それからなかなか寝入ることができなかった。この夜も、

(なぜ、どうして……六条の御息所の生き霊に……)

という疑念が、右近の眠りをさまたげていた。

そのときである。突然、几帳《きちょう》がゆれたかと思うと、

「姫君のことを考えているのですね」

そう声をかけながら、右近の褥《しとね》に惟光《これみつ》が這入《はい》ってきた。

(まあ、なんて強引な……)

驚いて半身を起こした右近だが、拒まなかった。まじまじと惟光を見ながらこういう。

「……あの廃院での夜、どうして宿直《とのい》までが眠ってしまったのでしょうか。わたくしも真桑瓜《まくわうり》をいただいたあと、急に睡魔に襲われたのです」

惟光は右近の胸元をさぐりながら、

「あの日はみなが、寝不足だったのでしょう」

と、軽くいなす。

「それに白桃。今日の午後、殿に白桃をお出ししたのですが、召しあがらない。ほかの女房《にょうぼう》に聞いたら、殿は白桃がお嫌いだと……」

「あの夜以来、好みが変わったのではありませんか」

しらっとしていう惟光に、右近は抱きよせられて口をすわれる。そのため、

（あの夕べも、殿は白桃に手をつけなかったのでは……）

と、心に思うところを、口にすることができない。

（たとえば、真桑瓜には眠りを催す芥子《けし》の汁を……白桃には死にいたる毒人参《どくにんじん》の汁を、それぞれに仕込んであったとしたら……）

あの睡魔も、姫の死も、筋がとおるではないかと右近は思う。それに、疑いをおおい隠すかのように広まった六条の御息所様の生き霊の噂――。

「考えすぎはよくありませんよ」

口すいをしていた惟光は、今度は耳もとでそうささやき、その耳たぶを軽く口にふ

くむ。そして、こういう。

「万事うまくいったのです。殿は恨《うら》みや誹《そし》りをうけることもなくなり、あなたは望みどおり不自由のない暮らしを手に入れたでしょう」

「では、この家の姫様はどうなるのでしょう」

右近《うこん》の首筋に唇を震わせていた惟光《これみつ》は、こういう。

「後ろ見もなく二条の院に入れば、苦しみに苛《さいな》まれたはず。あの一件で、姫君は殿にとって永遠の女性《にょしょう》となったのですよ」

源氏がいまでも姫を偲《しの》んでいることを右近も知っている。惟光のいうとおりかもしれない。

（もう姫様の死については考えまい……）

そう、思う。そして惟光の愛撫に弱弱しく体をよじりながら、

「五条の家には、いまも夕顔の花が咲いているのでしょうか」

と、口にする。

右近は埋葬を終えた山寺から直《じか》に二条の院に移ったため、あの夜以来、五条の家には戻っていない。

惟光は愛撫をやめ、右近の目をじっと見つめながらこういう。

「まさか。もう枯れているでしょう。夕に咲き、朝には萎《しぼ》む。しょせんはかない命の花ですからね」

自ら恋愛を勝ちとる女と、その恋路に利用される女の支配関係

■解説──夕顔と光源氏

夕顔《ゆうがお》はなぜ死んだのでしょうか。

これは『夕顔』の巻の大きな謎であり、研究者の間でも諸説があります。

原典では、姫は廃院で物《もの》の怪《け》にとり憑《つ》かれて死にいたります。そのとおりに理解すれば、姫の死因は物の怪、つまり死霊《しりょう》、生《い》き霊《りょう》（怨霊《おんりょう》）の類《たぐい》です。とっぴに聞こえますが、当時の人々の感覚を考えれば、これはこれで納得できることなのです。

平安時代というのは「古代」に属します。陰陽道《おんみょうどう》をつかさどる役所が存在し、占いや呪いを信じていた古代人には、物の怪も日常的なものだったのです。また、死因を今日ほど科学的に検証できるわけではなかったので、原因不明の死は物の怪の仕《し》業《わざ》とされることが多かったのでしょう。

この物の怪の正体をもう少し合理的に解釈したものに、「源氏が見た幻覚」と

いう説があります。霊は、思念した人の心にあらわれるといわれます。原典では物の怪があらわれる直前、源氏は六条《ろくじょう》の御息所《みやすどころ》のことを考えています。物の怪の正体は六条の御息所の生き霊だったと考えると、筋がとおります。

心の闇が霊の幻覚を見せる――これは現代の私たちにも訴える力があります。

けれどもいくら幻覚が見えたからといって、実際に人が死んでしまうと、さすがに無理があります。

この点に疑問を残さないのが、「姫は衰弱死ではなかったか」という説です。

姫は亡くなる前の晩から数えると、食事や移動で中断しつつも三十六時間近く、源氏と閨《ねや》で過ごしています。相当に体力を使い、衰弱していたはず。

その状況下で、姫の死を望んでいるだれかが、最後のひと押しをしたのでは……。

本書ではそんな仮説をたて、姫が死にいたった理由を浮きぼりにしようと試みました。

ここであらためて登場人物を見てみましょう。夕顔は、たおやかでやさしく、男にとって理想の女性といわれ、男をすんなりうけいれる娼婦《しょうふ》のような女だったという説が根強くあります。

しかし、弱くひかえめな姫の気質は、したたかな娼婦とは相いれないように思えます。姫を娼婦のように見せたのは、じつは乳姉妹《ちきょうだい》で側近の右近《うこん》だったのではないでしょうか。右近は女主人が有力な男に寵愛《ちょうあい》されるよう奔走《ほんそう》します。それは、右近自身の生活の安定のためでもあり、そして、その野心が、知らぬうちに姫の死の遠因をつくってしまったのではないでしょうか。

この話にはもうひとつ、乳兄弟という絆《きずな》の深い主従関係がでてきます。源氏と惟光《これみつ》です。惟光は、姫に食指を動かした源氏のために仲をとりもちます。しかし、源氏が身分の差をわきまえず本気で姫にのめりこんでいくのを知って、強く危機感を抱いたのではないでしょうか。

惟光による姫の毒殺という推理は、ここから生まれました。

事件当日、惟光の行動には不自然な点がいくつかあります。突然、廃院に果物《くだもの》を届けにやってきますが、そのあとすぐに帰ってしまいます。いつも源氏の側《そば》にいるはずの側近が、この夜にかぎって行方をくらまします。さらに、翌日の遺体処理の手際のよさ。右近を五条の家に帰さなかったのは口封じだったのではないか……。

表向きは物《もの》の怪《け》の仕業《しわざ》として処理された姫の死ですが、実は裏に恣意的《しいてき》な力が働いていたのではなかったか、と考えると、説明がつきます。

幻想的な怪奇話のように読める『夕顔』に、人の思惑が錯綜するもうひとつの面が浮かびあがってくるように思えるのです。

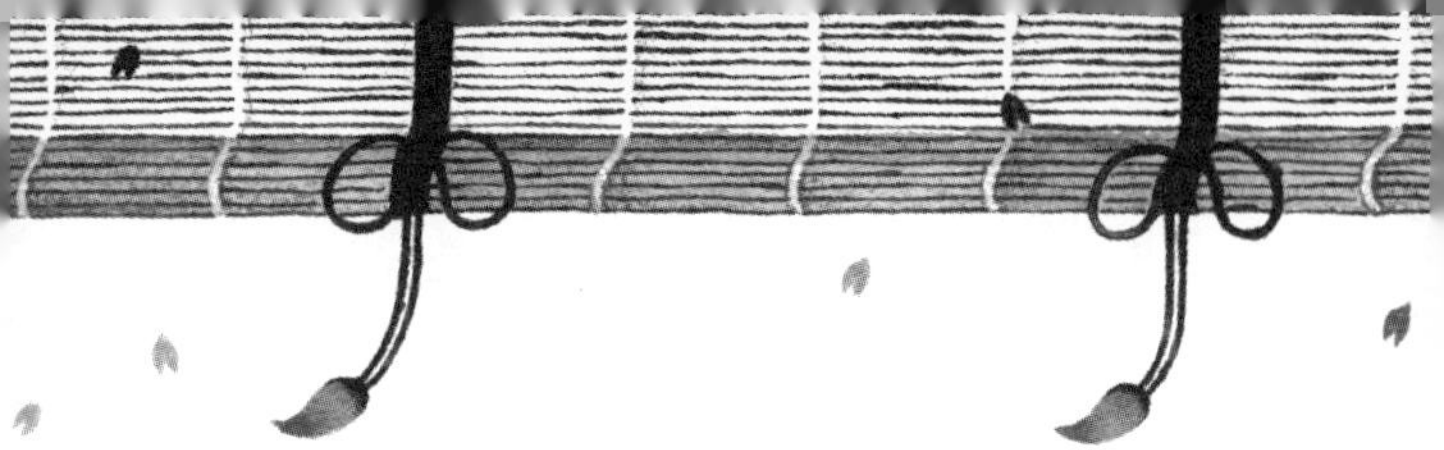

末《すえ》摘《つむ》花《はな》

日に焼かれ、すっかり色褪《いろあ》せてしまった几帳《きちょう》の裾《すそ》が、夜風にゆらゆらはためいている。

格子《こうし》の隙間《すきま》からのぞく朧月《おぼろづき》は青鈍《あおにび》色の千切《ちぎ》れ雲にかきけされ、今宵《こよい》はまるで新月の夜のよう。蓬《よもぎ》をゆさぶる風が高い音を立てている。

「えっ、このわたくしが源氏の君と……」

常陸宮家《ひたちのみやけ》の姫は思わず息をのんだ。あまりにとっぴな申し入れを*大輔《たいふ》の*命婦《みょうぶ》からされたからだ。

「さようにございます。源氏の君といえば、臣下に下《お》ろされ源氏の姓を賜《たまわ》ったとは申せ、主上《うえ》のご寵愛《ちょうあい》が格別な皇子《みこ》さま。この宮家にとっても申し分なきお相手にございます」

命婦の目が一瞬キラリと光った。

「源氏の君の御髪《みぐし》あげなどをしておりますとき、そっと姫様のことをお話し申しあげますと、大層ご興味をおもちになられたご様子でしたので、いまがよい折かと……」

「けれど、わたくしのようなものでは……」

姫は視線の先に鏡箱をとらえ、ため息をついた。その鏡箱は、名の知られた職人の手によって自邸の紅梅の細工《さいく》がほどこされた貴重なものである。

「姫様、このままでは亡き父上様が形見として残されたこのお邸《やしき》も、朽《く》ちはててしまいます。いまのうちに有力な後《うし》ろ見《み》のお方か、旦那様をお見つけになるのが、得策かと……」

そういう命婦の言葉を聞きながら、姫は運命の流れにただよう小舟の身である心細さを痛感した。

姫の父親は親王であり、常陸国《ひたちのくに》の太守《たいしゅ》*であった。

父亡きあと、ほかに頼るあてのない姫に唯一残された邸は見る影もなく荒れはてていた。華美ではないが趣《おもむき》の感じられた邸の庭も、いまでは踏みわけることすら困難なほど雑草が生い茂っている。

常陸宮は晩《おそ》くに産まれた末娘を、たいそう可愛いがった。みずから世話をやき、まるで家宝をあつかうように大切に育てた。

＊大輔《たいふ》／律令制で八省の次官の上位　＊命婦《みょうぶ》／中級の官位の女官や女房の総称　＊太守《たいしゅ》／上総《かずさ》・常陸《ひたち》・上野《こうずけ》三ヵ国の守《かみ》（＝地方長官）の称

「姫がいれば、それでよいのじゃ」

そういう父が、姫にとっても唯一絶対の存在であった。その父と死に別れたあとの姫は、父と暮らした邸《やしき》から一歩も出ようとせず、父の形見の琴だけを語り相手に、ひっそりとつましく暮らしていた。

だが、姫とは縁つづきの大輔《たいふ》の命婦《みょうぶ》という宮中に出仕《しゅっし》している女房だけは宿下《＊やどさ》がりの折によく常陸宮邸《ひたちのみやてい》を訪ねてくる。

命婦は宮中でも恋の噂がたえない色好みの美しい女人《にょにん》で、源氏との閨事《ねやごと》も、年上の自分から誘う形でいくどかくりかえしていた。

ところが、ほうぼうの女人に心を懸《か》ける源氏はすぐに命婦にあきてしまい、近頃は褥《しとね》でたわむれたりすることがまるきりない。そのため命婦の足は気ままに出入りできる常陸宮邸に向かい、ひんぱんに訪ねるようになっていた。

(せっかくの宮仕えの身だというのに、このままでは一生よい思いはできまい……)

だったらいっそ、縁のある常陸宮家の姫様に源氏の君の御手でもつけば、それに乗じてわたくしも成りあがれる――。

自尊心が強く、宮中で異彩を放つ自分の姿をいつも思い描いている命婦は、なんとしても成りあがりたかった。それで、いまとなっては古びた籠《かご》のなかに住む死鳥のごとき宮家の姫と、陽春の青空のような源氏の君とを結びつけようと企み、ひそかに動きだした。

けれども、それを知った姫にとってはまったく気の重い話であった。なぜなら、他人がはじめて自分を見るときの落胆と嘲笑《ちょうしょう》の入り混じった表情に何度も胸をえぐられる思いを味わってきた。同じ表情を、源氏も浮かべるだろうと容易に想像がついたからだ。

姫は鏡箱を開け、なかの鏡をそっとのぞきこんだ。

（ああ、やはりダメだわ……）

やせぎすの体からのびる長い首。その上にのった面長《おもなが》の顔。薄い唇は、卑屈《ひくつ》にゆがんで震えている。そして、長くたれて先が赤く色づいている鼻……。

（大きくなったら、きれいなお姫様になるよと、父上はいってくれたけれど……）

姫は思わず鏡箱の蓋《ふた》をぱたりと閉じた。

＊宿下《やどさ》がり／暇をもらって親元へ帰ること

（あれは父上の哀れみだったにちがいない……）

唯一、目を引く美しい黒髪が、流れるようにたっぷり袿《うちき》の裾《すそ》にたゆたっている。

美しくなることなど夢のまた夢であることに、いつしか気づいた姫は、父亡きあと、皆がみな自分を見下しているように思えて人と顔を合わせることが心底苦痛になっていた。そのうえ父に溺愛《できあい》されて育った姫は、男女の交わりにはまったく無知であった。

さらに女人《にょにん》としてのたしなみや教養をおしえてくれる者もいないので、和歌を詠《よ》むのも苦手であった。もう十分に大人といえる年齢になっても、恋する心を知らないので、雅《みやび》やかなものへの興味やあこがれというものがまったく湧いてこない。

そんな自分に、恋などは無縁だと思っていた。しかし、大切な父の魂が宿る邸《やしき》や道具類を手放すことはどうしてもできない。その一念が、命婦《みょうぶ》の企みにしたがわせたのだった。


「命婦、いつぞやの姫君の話だが……」

ささやく源氏の声が、梅の甘い香りをふくんだ宮中の空気を妖《あや》しくゆらした。

源氏は命婦の巧妙な語り口にのせられ、常陸宮家《ひたちのみやけ》の姫に亡き想い人（夕顔《ゆうがお》）の面影を重ねあわせていた。

「常陸宮様の姫様のことでございましょうか……」

命婦は素知らぬ顔で答える。

「相変わらず琴を語り相手に、ひっそりお暮らしのご様子です。なにぶん、世のなかも殿方も知らない初心《うぶ》な姫様にございますれば、ほうぼうからくる色めいたお誘いにも一向に靡《なび》かないとか……」

命婦は上目遣いに源氏の様子をうかがう。

「それはもったいないことだ。ひとつわたくしが姫君に色めいたことやらなにやら、おしえてさしあげよう」

そういって口もとをゆるめる源氏に、命婦は内心笑いがとまらない。

（ほほほ……。思うつぼだわ）

女人のこととなると、あきるということを知らない源氏に対し、命婦はいささか憎らしささえ感じている。自分のほうが女人として数段まさっていることを、姫の相手をさせることで、源氏に思い知らせてやりたい、という気持ちもある。

（さあ、いまにみておいでなさい）

命婦《みょうぶ》は源氏を上手に焦《じ》らした。源氏がいくどとなく命婦をつうじて姫へ懸想文《けそうぶみ》（恋文）をやっても、無駄というものだった。命婦が握りつぶしたからだ。

命婦は芳醇《ほうじゅん》な果実の実りを待つように、春・夏をやり過ごし、機が熟すのをまった。

いよいよ姫と源氏を引きあわすのに絶好の、秋の宵《よい》となった。

源氏の期待は命婦の思惑どおり十分に大きく実っていた。

その夜――。

常陸宮家《ひたちのみやけ》の荒れた庭には、すだく虫の声が響きわたっていた。

姫の御座所《おましどころ》にひかえていた命婦は姫がどうにも落ちつかない様子なので、

「この宮家のためなのですから……」

と、鼻頭《はながしら》以外は妙に青白い姫の顔をまじまじ見ていった。

「……父上さえ生きていてくださったら」

そうつぶやいて姫は、父親の面影を映《うつ》し見るかのように月を見上げた。

「姫様、気ばらしに琴でもお聞かせくださいませ」

命婦がすすめると、姫は素直に形見の琴を引きよせた。

「父上にはよく誉《ほ》められたのだけれど……」

涙ぐみながら絃《げん》を爪弾《つまび》く姫の指さばきは、お世辞にも上手とはいえない。しかし、侘《わび》しさが似あう秋の宵に、荒れて寂しげな邸《やしき》から聞こえる琴の音《ね》は風流と思えなくもない。

と、秋風にただよう琴の音色に誘われるかのように源氏が邸を訪れてきた。

「姫様、源氏の君がお越しになられましたよ。わかっていらっしゃいますね」

命婦は姫の重い腰を上げさせようと促した。

「このままでは失礼ですから、廂《ひさし》の間《ま》にお通しして、襖《ふすま》ごしにお話しなされませ」

「お話しするなんて、そんな……」

会ったこともないのに、なぜこれほどわたくしに熱心になるのかしら——。そう、姫は思う。さらに、

（あの方は、なにか大変な思いちがいをなさっているのではないかしら。いったい命婦はわたくしのことをどう話したのだろう……）

と不安に思う。

けれども、すでに自分の意志ではどうすることもできない大きな力にのみこまれて

いることもわかっている。

(そっとしておいてほしかったのに……)

と逃げ腰の姫の様子に、

(ここまできて、なにをいまさらッ)

と命婦《みようぶ》は苛《いら》だっている。

命婦は、源氏が十八歳という若さながら女人《によにん》を喜ばせる手足《てだ》れであることを経験的に知っている。その源氏の感触を思い出し、このままあっさり源氏を姫にわたしてしまうのが、なんだか惜しいような気持ちになった。

命婦は口もとに妙な含み笑いを浮かべながらこういった。

「たとえ源氏の君がお気に召されなくとも、姫様がお家のためにほかの殿方のお相手をなさる折の、よい経験になりましょう」

このまま源氏が帰ってくれることを本心では願っていたのだが、命婦のいうこともわかるような気がして姫は素直にうなずいた。

いそいで女房たちによって身繕《みづくろ》いされるあいだ、姫は恥ずかしさと恐ろしさから全身を小刻みに震わせていた。そして命婦や女房たちに引きずられるようにして、掛け金をかけた廂《ひさし》の間《ま》の襖《ふすま》ごしに源氏と相対した。

人目を忍んだ狩衣姿《かりぎぬすがた》も十分に艶《なま》めかしい源氏と、色とりどりの重ね袿《うちき》がまったく身についていない様子の姫とを、命婦は見くらべた。

姫君に色めいたことやらなにやらおしえてさしあげよう、といった源氏の言葉がふと脳裏によみがえって、命婦はなかなかの見物《みもの》であると意地の悪い薄笑いを浮かべた。

「お会いできる日を心まちにしておりました。やっと願いが通じたのですね」

源氏の声は若々しく、ピンと張りつめた絃《げん》のように気高く澄んでいる。しかも、人の心に沁《し》みとおる温かいやさしさを感じさせる。

姫には、なんだか懐かしい響きに聞こえた。

（どことなく父上のお声に似ている。でも源氏の君が父上のように、わたくしを受けいれてくださるはずもない……）

姫は同じ年頃の若い男が特別に苦手であった。姫にとって男とは、父のようにすべてを包みこんでくれる人でしかなかった。

いくら源氏が語りかけても姫は黙ったままである。姫の着物から立ちのぼる薫物《たきもの》の香りだけが、まるで返事のかわりのように静寂のなかにただよう。

たまりかねた源氏は、ため息まじりに歌を詠《よ》んだ。

いくそたび君がしじまにまけぬらむ
ものないひそといはぬ頼みに

（やめてくださいといわれないことに望みをかけ文を差しあげては、これまで何度あなたのその沈黙に負けたことでしょう）

源氏のやさしい声音《こわね》は熱気をましていく。

「嫌われているのなら、はっきりそうおっしゃってください。このままでは、苦しすぎます」

その低く響く声も、ふとした瞬間に伝わってくる吐息も、なんて人の心を落ちつかなくさせるのだろうと、姫は思う。

けれども、相手の表情をうかがっては悲しい思いを幾度もしてきた姫には、源氏の告白が熱をおびるほど、逆に空々《そらぞら》しく聞こえてしまう。

（結局はみな同じ。殿御《とのご》は人を外見でしか判断しないものだわ）

返歌できずに黙ったままでいる姫の様子を見かねた女房《にようぼう》のひとりが、とっさに助け船をだした。姫の乳姉妹《ちきようだい》で、侍従《じじゆう》である女房であった。

鐘つきてとぢめむことはさすがにて
　答へまうきぞかつはあやなき

（もうやめにしましょうと、終わりの鐘をつくことはできませんけれど、そうかといってお返事もしにくいもの。自分でも気持ちをもてあましています）

返歌は、上手に姫の本心をいいあてていた。姫は心がひかれればひかれるほど、裏切られるのが恐くて、よけいに相手を避けたくなってしまうからだった。けれども、その返歌をまるで他人事のように聞いていた姫は、

（もう一度だけお声が聞ければ、今日はそれで十分）

そう思っていると、たった一枚襖《ふすま》をへだてた廂《ひさし》の間《ま》から、

いはぬをもいふにまさると知りながら
おしこめたるは苦しかりけり
(言葉にしないのは、それ以上の気持ちがあるからだとわかっております が、黙って気持ちをおしとどめていられるのは辛かったのです)

という源氏の声が聞こえてきた。この場から早く立ち去りたいはずなのに、なぜだか姫は襖《ふすま》の前から動くことができない。

廂《ひさし》の間《ま》にいる源氏は、目の前の襖を見つめていた。襖には、枝ぶりの見事な松に薄紫の藤が美しくかかる様子が描かれている。それは常陸宮邸《ひたちのみやてい》の透垣《すいがい》*の前に広がる情景を映《うつ》したものだった。ところどころ手垢《てあか》で黒ずんでいるが、細かな金粉が散らしてある様《さま》はすばらしく、大殿油《おおとなぶら》に光彩を放っている。

(常陸宮様が亡くなられて、さぞかし心細くお思いでいらっしゃったことだろう)

源氏がそう思ったとき、不意に大殿油がきえ、襖が音もなく開いた。

(やや、これはいったい……)

一瞬訝《いぶか》しく思ったが、

「源氏の君、はやくおしえてさしあげなされ」

と、耳もとでささやく命婦《みようぶ》の声にすべてを理解した。

姫のあまりに子どもじみた態度に苛《いら》だった命婦が大殿油をけし、掛け金を外《はず》して襖を開けたのだった。

そのため秋の涼風とともに、白檀《びやくだん》の高貴な薫香《たきもの》が姫の側に流れこみ、闇の中の姫をふわりとおおった。

（こ、これは……源氏の君の香り……ッ）

姫は突然のことに身を固くした。

（どうしたらいいの。はやく、だれかきてッ）

と思うまもなく、

「さあ、もう逃げられませんよ」

源氏の声が迫る。先ほどまで夜気《やき》に紛れて聞いていた源氏の声とその吐息《といき》を、耳もとに感じた。

＊透垣《すいがい》／透けてみえる垣

(ちがう。いままでのやさしいお声とはまったくちがうわ)

とっさに身をかわそうとする姫の細い手首を、源氏がしっかりとらえる。

その瞬間、姫の体のなかを、なにかが走りぬけた。激しく甘く、息苦しいほどだった。鼓動《こどう》が高まり、胸がつまりそうになった。

(恐《こわ》い夢だわ、きっとこれは……)

姫は正気をとりもどそうと、しっかと両目をあけたが、見えるのは漆黒《しっこく》の闇ばかりだった。

(ああ、だれかッ……)

心のなかでは叫んでいるが、「いや」という言葉は口からでてこない。

源氏は手さぐりで姫の着物をたぐりよせる。けれども姫はなぜか袿姿《うちきすがた》ではなく、*唐衣《から ぎぬ》や*裳《も》などを着こんで正装していたので、いつもと勝手がちがい、思うにまかせない。

(それにしてもずいぶんやせて、背の高い姫君だ……)

源氏は姫の姿態をあれこれ思い描きながら、姫の細い肩を抱きよせる。

ふたりの様子を、命婦《みょうぶ》は無表情のまま端近《はしぢか》の暗闇からうかがっていた。思惑どおりに事が運んでいく安堵感と、思わずこみあげてくる嫉妬に、その場をはなれられない。

源氏は＊形代《かたしろ》に息吹《いぶき》を送りこむように姫を愛撫《あいぶ》し、心と体をほぐそうとする。

姫はしだいに大きな波にのみこまれ、水面《みなも》を浮き沈みするような感覚にとらわれる。意識が遠のいていき、まるで大きな流れのなかに体を放りだされたような錯覚におちいった。

（ああ、だれかわたくしを引きあげて……）

遠くなったり近づいたりする源氏の声が心の奥底に響き、全身にこだまする。源氏の手の温もりが、肌をとおして姫の頑《かたく》なな気持ちまでとかしていく。

（これが恋というものなのかしら……）

そんな気持ちに姫はとらわれていた。


「姫様、姫様ッ」

乳姉妹《ちきょうだい》である女房の心配そうな顔が姫をのぞきこんでいる。すでに夜は明けていた。

「姫様、こんなところでお休みになられていてはお体にさわります。めっきり冷えこ

＊唐衣《からぎぬ》／女子の礼服　＊裳《も》／女子が正装のとき、袴の上に腰からまとった服　＊形代《かたしろ》／禊《みそぎ》や祓《はらえ》に用いる紙製の人形

んでまいりましたから」

「源氏の君は……」

姫は恥ずかしそうに聞いた。

「えッ、はぁ、それが……」

源氏は昨夜の気配すらのこしていなかった。

(夢だったのかしら……)

そう思う姫の足もとに唐衣《からぎぬ》が脱ぎ捨てられている。それが、現《うつつ》であったことを物語っていた。

(やはり、あの温《ぬく》もりは本物だったのだわ。けれどもあのお方はもういない……)

恥ずかしさと情けなさに涙がこぼれそうになる。同時に、

(これですべて終わったのだ……)

とほっとする気持ちもあり、後朝《きぬぎぬ》の使いが文《ふみ》をもってこないことを、姫はなんとも思わなかった。

だが、命婦《みようぶ》はちがう。焦りを隠せない。

(どういうことかしら……。あの源氏の君が文をよこさないなんて……)

源氏から文がとどいたのは、その日の夕刻のことであった。

夕霧の晴るるけしきもまだみぬに
いぶせさそふる宵の雨かな

（あなたが心からわたくしを迎えいれてくれる様子がまだみられないのに、
そのうえ雨まで降りだした今宵《こよい》はますます気が重くなります）

文を見た命婦は、

（なんですってッ。上手《うま》く言い訳をなさって。今宵はお見えにならないというのね）

よくも馬鹿にしてッ、どうしてくれよう――。と、源氏の無礼に激しく毒づいた。

それというのも、はじめて一緒に過ごした晩から三日間は欠かさず女のもとを訪れるのが、閨事《ねやごと》の掟《おきて》であったからだ。

いっぽうなにも口にださなかった姫は、

（源氏の君は、あの暗闇のなかでもわたくしになにかお気に召さないことがおありだったのだろう）

と、自分を責めて申し訳ないと思うかたわら、どうしてそっとしておいてくれなかったのかと、うらめしくも思っていた。

返事を書く気も失《う》せてしまった姫を、乳姉妹《ちきょうだい》の女房が明るく励ました。

「お返事はやはりこう書いて差しあげるのがよろしいかとぞんじます。

晴れぬ夜の月まつ里を思ひやれ
同じ心にながめせずとも

（晴れない夜に月が出るのを待つように、涙に曇り、来ないあなたを待ちわびるわたくしのことを少しは考えてくださいませ。たとえ同じ気持ちで眺めているのではないとしても）


なかなか思いどおりにならないところが、男女のおもしろいところでございましょう」

そういうものかと思って姫はいわれるままに返歌をしたためた。

けれども、白茶けて厚ぼったい紙の上に、律義に整列した角ばった姫の文字はあまりに野暮《やぼ》ったかった。源氏は風情《ふぜい》のない姫からの文《ふみ》にがっかりする。

（思いどおりの女人《にょにん》には、なかなか出会えないものだ）

後悔の念がわくが、不思議とそのまま捨てておけない気持ちもする。

（ふむ……。やはり男と女は思いどおりにいかないのが、おもしろいということか）

そう思った源氏だが、行幸《ぎょうこう》準備の忙しさにまぎれ、しぜん姫から足が遠のいた。

清秋もしだいに色濃くなり、常陸宮邸《ひたちのみやてい》の蓬《よもぎ》の黄色い花が萎《しお》れる時分になっても、源氏の訪れはなかった。

姫は思いどおりにならないのが恋だと、すっかりあきらめきっていた。

だが、命婦《みょうぶ》はちがう。

（源氏の君、老女や醜女《しこめ》を相手にしてこそ本物の色好みというものではありませぬかッ）

と、なにかにとり憑《つ》かれたように色好みを気どる源氏への挑発的な執着心をますます強めた。

ある日、命婦はひさしぶりに御髪《みぐし》あげに宮中に出仕した。その折、それとなく源氏に水をむけた。

「近頃はお忍び歩きのほうはめっきり減っていらっしゃるようですね」

そういって薫香《たきもの》をたきしめた袿《うちき》の裾《すそ》をさっとひるがえし、命婦《みょうぶ》は艶《つや》っぽい視線を源氏になげる。源氏は、

「いろいろ忙しくてね」

と言い訳しながら、細長い鬢搔《びんかき》を器用にあやつる命婦の指先に軽く唇をふれる。

源氏は藤壺《ふじつぼ》の宮《みや》に縁《ゆかり》のある少女（若紫《わかむらさき》）を引きとってからというもの、少女を可愛がることに執心し、近頃では命婦などのちょっとした浮気相手はおろか、熱心だった六条《ろくじょう》の御息所《みやすどころ》との交わりも減っていた。

「源氏の君ともあろうお方が、おかしなことでございますね。趣向が異なるさまざまな女人《にょにん》をきわめてこそ、本物ですのに……」

命婦は源氏の襟元のほつれ毛を朱の櫛《くし》で撫《な》でつけながら、おしえさとすようにいう。

「一度気にそわなかった女人でも、よくよくなじめば、なかなか忘れがたい味というものが出てくるものでございます。常陸宮《ひたちのみや》の姫様も、きっとそういった類《たぐい》の女人かと

存じますけれど……」

命婦の言葉には、経験豊富な色好みを納得させる妙な真実味があったのだろう、源氏は行幸の準備が一段落すると、姫の住まう荒れはてた常陸宮邸を訪れてきた。

だが、源氏の訪れは、ふたつの意味で姫を困惑させた。

ひとつは、静かな暮らしが少しずつ狂わされていくことであった。

はじめて夜をともに過ごして以来、姫はときおり源氏の肌の温《ぬく》もりが恋しくなる自分をもてあましていた。

（以前はひとりのほうがよかったというのに……）

それでも訪れが途切れている間は、そういうものだとあきらめて、独《ひと》り寝《ね》に慣れてしまえば、それですんだ。しかし訪れがあった直後の、独り寝の寂しさというのはどうにもならなかった。

姫は、源氏とかかわることで自分の心がもっと寂しくなっていくようで恐ろしかった。

もうひとつ姫を困惑させたのは、源氏の甘美な言葉の裏に見え隠れする真意だった。いまひとつ釈然《しやくぜん》としないものを感じ、

（なにか思惑があるとしか思えない。それがなんであるのか知りたい）

そう、思っている。源氏を知る以前の、心がひかれればひかれるほど相手を遠ざけたくなる気持ちは、いまはもうなかった。それどころか逆に相手の本心を知りたくてしかたないという思いがあり、

（今度こそ……）

あのお方の本性をはっきり見とどけたい、という衝動にかられていたのだった。


ある雪の舞い散る宵《よい》のこと――。

常陸宮邸《ひたちのみやてい》のみすぼらしい庭内をこっそりのぞき見ていた源氏は、その侘《わび》しい様子から、五条の侘《わ》び住《ず》まいに亡くした想い人（夕顔《ゆうがお》）を思い出していた。

夜の闇に音もなく雪が降り積もっていく。檜垣《ひがき》をとおりぬける寒風が、庭内の蓬葉《よもぎは》をざわめかせ、積もった雪をおどらせる。

（今宵《こよい》こそ、姫の本心をはっきり見とどけたい）

と、源氏は姫の寝所《しんじょ》へすばやく這入《はい》りこんだ。馴れた手つきで姫の装束を剝《は》いでいく。姫はもう、されるにまかすという態《てい》であった。

源氏の唇からもれる息が、外の雪と同じように惜しみなく姫の肢体にそそがれる。

姫は朦朧《もうろう》とする意識のなか、いくどもこう思う。

(この方の本心を知りたい……)

互いに相手の本心を見きわめたいと願う男女の思いが交錯しあい、長い夜が更《ふ》けていく。

やがてふたりは身じろぎもせずに眠りこむ。

(うん……)

半蔀《はじとみ》の格子の隙間《すきま》から日の光が寝所に射しこんでいた。朝を迎えたことに気づいて源氏は起き上がる。常陸宮邸を訪れるようになってから姫とともに朝を迎えるのははじめてだった。前庭の雪景色をながめる素ぶりで格子をいっぱいにあげる。荒れはてた庭の枯れ枝という枯れ枝が雪化粧した光景は、凄愴《せいそう》だが、なんともいえない趣《おもむき》がある。庭に垂《た》れこめる薄紫の朝靄《あさもや》を、日の光が割って雪に反射し、寝所に射しこんでくる。

その光を受けながら源氏は、

(なんとかして姫のすべてを、この朝日のなかではっきり見てみたいものよ)

と、夕べから思っていることを脳裏に浮かべている。

雪あかりに照らされた源氏の姿は神々《こうごう》しいほどに美しく、近よりがたい艶《つや》やかさにあふれている。そんな源氏の姿を、姫は褥《しとね》から見上げている。

(こんなにもすばらしいお方だったのか……)

姫はあらためて畏《おそ》れいり、

(それにひきかえ、わたくしは……)

と、身のちぢむ思いがする。白茶けた単衣《ひとえ》に、着古《きふる》した袿《うちき》を着重ね、寒さしのぎの黒貂《ふるき》の皮衣《かわごろも》を羽織った姿は、くらべるのも忍びないほど醜く、異様《ことざま》であった。

姫は、源氏とのあまりのちがいに情けなさをとおりこし、一種のおかしささえおぼえる。自虐的な気分に笑みさえもらす。

(ふふ……。こんな不器量なわたくしをごらんになったら、いったいどんなお顔をなさるかしら)

源氏の本心を見きわめたいという、いつもの思いが頭をよぎる。

(いっそ嫌われてしまったほうが、楽というものかもしれない……)

姫は思いをきるかのように褥《しとね》から立ち上がって源氏に近づき、背後から一緒に雪景色をながめるふりをした。

（うん……）

気配に気づいてふりかえった源氏の視線を、頬《ほお》のあたりに受けた姫は、厳冬の朝の冷気と同じくらいの冷たさを感じた。

（……）

沈黙が流れる。ふたりをつつんでいた清らかな空気が、どんより重くしずんでいく。黒貂《ふるき》の皮衣《かわごろも》を羽織った姫の醜い姿、とりわけ赤く色づいた鼻の頭に、源氏は言葉を失っている。

（寒さのせいなのだろうか）

いいかけて、口をつぐむ。鼻の頭が真っ赤なのは、寒さのせいばかりではないと気づいたからだ。

（しかし、なんと長く格好の悪い鼻であることか……）

黙ったまま、姫の鼻頭《はながしら》を見つめている。

そんな源氏の視線に、

（ああ、どうしてすべてを見せてしまったのかしら……）

この方の本心を知りたいばかりのこととはいえ、どうしてわたくしのすべてを見せてしまったのかしら――。

と、姫はもうたえられなくなっている。あわてて両袖口《りょうそでぐち》で顔を隠した。けれども、こすれた鼻の頭がよけい赤くなる。その様子を見てとって源氏は、

（ああ、どうしてすべてを見てしまったのだろう。このような姫の正体であったなら、知らないほうがましだったかもしれない……）

と、後悔の念にとらわれる――。

源氏は、自分のことを信用せずに打ちとけようとしない姫の態度を口実に、早々と常陸宮邸《ひたちのみやてい》をあとにした。

寝所《しんじょ》にひとりとりのこされた姫は、

（けっきょくは源氏の君もほかの人とかわりない。本心を知ろうなどとは、なんと愚《おろ》かだったことか）

と、自分の浅はかさをうらんだ。

ところが、それからというもの、なぜだか源氏は以前にもまして常陸宮邸を訪れるようになった。しかも、たびたび絹や綾《あや》、綿などの着物や細々《こまごま》としたものまで差し入

れてくる。

(いったいどうしてこんなに御心《みこころ》をかけてくださるのかしら……。わたくしの醜《みにく》さをすっかり見てしまわれたというのに……)

と、ますます姫は困惑の度を強めていった。


ある日――。姫は命婦《みょうぶ》に相談をもちかけた。

「え、源氏の君の御心がわからないとおっしゃるのですか」

命婦は勝利の喜びと姫の滑稽《こっけい》さとに、笑いだしたいのを必死でこらえた。

源氏は、人なみにも劣る姫のあれこれを知って色めいた気持ちはまったく失《う》せたが、逆にいじらしさがつのり、姫を放っておくのはあまりにも忍びない気持ちにおちいっていた。

(ほほほ……。わたくしの思うとおりに事が運んでいる。姫様はいうにおよばず、源氏の君ほどのお方であっても、わたくしの手にかかれば、男心をあやつるくらいは簡単……)

命婦はふたりを掌中《しょうちゅう》におさめ、野望に一歩近づいたことですっかり気をよくした。

源氏の心づくしの贈りものによって常陸宮邸《ひたちのみやてい》は少しずつ明るさをとり戻していった。命婦《みょうぶ》がいうとおり、源氏との関係に常陸宮家の運命がかかっているというのはよくわかる。だが、いまの自分にとって重要なのは、源氏との男女関係そのものだと、姫は思うようになった。

(どうして近頃は文《ふみ》や贈りものばかりで、わたくしに指一本ふれようとなさらないのかしら……わたくしを嫌っておいでなら、なぜ情けをかけたりなさるのかしら……)

あの雪の朝以来、姫は源氏から体を求められていなかった。

(わたくしはもう、源氏の君を父上のかわりのようには思えないのに……)

源氏の心を探る手だてはないものかと命婦に問うと、

「そうでございますねぇ……」

有頂天になっている命婦の脳裏に、意地のよくない悪ふざけがひらめく。

「もうすぐ年も暮れますれば、源氏の君に元旦用の御晴着を贈られてはいかがですか」

元旦の衣裳《いしょう》の世話は正妻の役目であることを姫は知らなかった。命婦はさらにこういう。

「御衣裳のほうはわたくしも一緒にお見繕《みつくろ》い申しあげますれば、姫様はそれに添えられるお歌を、ご自分でお詠《よ》みあそばすのがよろしいかと。姫様のお気持ちが伝わり、源氏の君もさぞお喜びになることでしょう」

歌となると、いつも乳姉妹《ちきょうだい》の女房に手伝ってもらっていた。だから本当の自分の心を詠んだ歌を贈ったことがない。けれども自分が贈った衣裳を源氏が身につけてくれるのなら、少しは気持ちも晴れそうな気がして、命婦の言葉に素直に応じることにした。


新年を迎える気ぜわしい年の暮れに、命婦は宮中の宿直所《とのいどころ》にいる源氏を訪ねた。

「気のもめる恋の仲介役ばかりで、気が重うございます」

と、笑みを浮かべながら命婦はいった。源氏はいつもどおりのあだめいた笑みを浮かべ、こう答えた。「わたくしたちの間で、そうつれないことを申すな」


命婦は、松食い鶴が描かれた時代おくれの衣裳箱を源氏の目の前に差し出し、

「常陸宮の姫様からおあずかりしてまいりましたのですが……」

と、意味ありげに口ごもりながら姫からの文と一緒に源氏のほうに押しやった。

（うん……）

なんだと、源氏が箱の蓋《ふた》を開けると、悪趣味なほど濃い紅色の衣裳がひとそろい入っていた。

「これをわたくしに、というのか……」

源氏は戸惑いながらも、姫からの文《ふみ》を手にとった。

唐衣《からころも》君が心のつらければ
袂《たもと》はかくぞそぼちつつのみ
（あなた様の冷たいお心がつらく思われ、わたくしの着物の袂はこんなにも涙でいつも濡れております）

無風流な厚手の陸奥国紙《みちのくにがみ》に、つたない歌が馬鹿丁寧に書かれている。あきれて言葉がでない源氏だったが、衣裳箱のなかの濃い紅色に目をとめると、ふと思いついた様子で姫の文の端に悪戯《いたずら》書きをした。

命婦《みょうぶ》がおもしろく思ってのぞきこんでみると、こんな歌が書きつけられていた。

なつかしき色ともなしになににこの
すゑつむはなを袖《そで》にふれけむ
（親しみを感じる色でもないのに、どうして紅花《べにばな》のように赤い鼻の姫君と契《ちぎ》りを結んでしまったのだろうか……）

命婦は、思ったとおりだと、手をたたきたくなる気持ちであったが、こう返歌した。

紅《くれない》のひと花衣《ごろも》うすくとも
ひたすら朽《くた》す名をしたてずば
（たとえ姫君への気持ちが薄くとも、姫君の名を汚すようなことはなさらないでくださいまし）

それから命婦はこうつぶやいた。「本当に気がかりなおふたりですこと」
世慣れたふうな命婦のつぶやきに、世話好きなよい女房だと、源氏は感心した。
命婦は、自分の書いた筋書きどおりに風変わりな男女関係が成立したことを実感し、ふたりを揶揄《やゆ》する歌が詠《よ》みたくなるほど愉快であった。

（醜《みにく》い姫様のお世話まで自分の役目と思う源氏の君もおかしいけれど、そんな源氏の君の本心を知りたいと思う姫君はもっと滑稽《こっけい》だわ……）

と、命婦《みょうぶ》はひとりほくそ笑んだ。そして源氏から姫へのお返しである皮肉たっぷりのしゃれた色あいの着物を、澄ました顔で姫にとどけた。


新年を迎え、少しずつ人生の機微《きび》を知るようになった姫に、

「ひとつ歳をとったせいか、少し大人になったようだ」

と源氏はお世辞をいうが、どうしても色めいた気持ちにはなれない。

恐れていたとおり、姫は前よりもっとつらい孤独感におそわれた。

また、源氏が思いもかけない女人《にょにん》（朧月夜《おぼろづきよ》）との浮気がもとで、須磨《すま》に隠退を余儀なくされると、文《ふみ》や贈りものがぱったり途絶えた。

源氏は姫のことなどすっかり忘れてしまったかのようで、常陸宮邸《ひたちのみやてい》はたちまち以前のみすぼらしい状況に陥った。

邸《やしき》の内外はいよいよ荒れるいっぽうで、庭も以前と同じ場所とはとうてい思えない

有り様となった。生い茂る蓬《よもぎ》におおわれた姫の住まいでは、季節の移り変わりを知るのは困難のように思われた。

命婦は、いよいよこれからというときに起こった突然の、源氏の須磨への隠退に思惑がはずれてしまい、たいそう口惜《くちお》しがった。

（せっかくの企《くわだ》ても台なしか……）

命婦は源氏のいなくなった宮中を居心地悪く感じた。常陸宮邸を訪れる回数も、急速に減った。

姫には以前の静かな暮らしが戻った。源氏が通っていたことを感じさせるものが周囲から消えていくたび、姫は困惑からときほぐされ、心の平穏を取り戻すようだった。

思い出のなかでくりかえされる源氏との恋は、姫を悩ませることも、悲しませることもなかった。姫は蝶花《ちょうはな》をあしらった漆《うるし》塗りの文箱《ふばこ》を開けては、源氏からの恋文を読むのが楽しみになった。苦手な和歌も諳《そら》んじてしまうほど、いくどとなく読みかえした。

源氏は足掛け三年におよぶ須磨・明石での謹慎《きんしん》がとかれ、秋が深まるなか、都に戻ってきた。

源氏の復権に宮中は諸手《もろて》を上げて喜び、大騒ぎになった。

その騒ぎは草深い常陸宮邸《ひたちのみやてい》にもとどいた。

「ああ、本当によかったですこと」

「わたくしたちの暮らしも、少しはまともになるわね」

乳姉妹《ちきょうだい》の女房をはじめ、みな抱きあって喜んだ。

(源氏の君が、またわたくしのもとに……)

そう思うと姫は足が震え、体が熱くなった。会いたい気持ちと会わずにいたい気持ちが入りまじる、複雑な心境であった。

ところが、姫の生活はなにもかわらなかった。源氏の訪れがないばかりか、文《ふみ》や贈りものも届かなかった。

そんな折、姫の叔母である大弐《だいに》の北の方が、大宰府《だざいふ》の次官となった主《あるじ》とともに任地へ赴《おもむ》くこととなった。姫もしきりに下向《げこう》をすすめられたが、頑としてしたがわなかった。

けれども大弐の甥《おい》と結婚した乳姉妹の女房は下向することになった。

(とうとうひとりぼっちになってしまう……)

本当の姉妹のように思っていた女房に去られて、姫は止まった時間のなかにひとり取り残されるような心細さを感じた。

季節がうつろうたび、草花は新しい生命を息吹《いぶ》かせる。常陸宮邸でも例外ではなく、壊れて用をなさなくなった透垣《すいがい》の前では薄紫の可憐な藤の花がふさふさとゆれ、ほのかに甘い匂いを放っていた。

そんな春の夜、朧月《おぼろづき》に心動かされた姫は久しぶりに琴を取りだし、懐かしい調べを爪弾《つまび》いた。

同じ頃、常陸宮邸の表を通りすぎようとする御車《みくるま》があった。のっていた主は、可憐な藤の花のなんともいえない奥ゆかしい甘い匂いに誘われ、思わず車をとめさせた。

「懐かしい風情だな……」

と、車から顔をのぞかせたのは源氏であった。

（このお邸《やしき》は、もしや……）

半信半疑で荒れはてた邸を見つめている。蓬《よもぎ》におおわれた庭の様子は見るにたえないほどみすぼらしい。だが、透垣《すいがい》にそびえる松の木や風情ある藤の花には見おぼえがあった。

（訪ねてみよう）

車から降りて邸の庭をわけ入る源氏の直衣《のうし》を、生い茂る蓬葉《よもぎは》の露がじっとりぬらす。

（姫君も涙にぬれ、わたくしを責めているのだろうか）

源氏が少しきまり悪く思ったとき、蓬の露《つゆ》をゆらす風にのってたどたどしい琴の音《ね》が聞こえてきた。懐かしいその響きに、遠い日の姫との意外な恋模様のひとつひとつが思い出された。源氏は思わず微笑《ほほえ》み、

訪ねてもわれこそとはめ道もなく
　深き蓬のもとの心を

（どんなことをしてでも、わたくしだけは訪れてやろう。かよう道もないほど深く生い茂った蓬の宿に住む、昔とかわらない姫君の心を）

と、ひとり言のように歌った。

（はて……）

懸命に絃を追っていた姫は、いつも思い出のなかで聞いている源氏の声を耳にした

ようで、顔をあげた。

(空耳《そらみみ》かしら……)

そう思ったとき、

「姫君、ずいぶん待たせてしまいましたね」

という声が、はっきり聞こえた。

初めて襖《ふすま》ごしに聞いたときと少しも変わらない、はりのある源氏の声である。

姫は突然あらわれた幻のごとき源氏の姿にうっとり見入った。

(これは夢……この夢からさめたら、わたくしはまたひとりぼっち……)

源氏を見つめたまま、ぽろぽろ涙をこぼした。

「どうか、もう泣かないで……。あなたの心が変わらずにわたくしを思っているか、試していたのですよ」

そんな言い訳が、源氏の口をついてでてくる。源氏は姫の涙を直衣《のうし》の袂《たもと》でそっと拭《ぬぐ》った。姫は頰に受ける直衣の袂の感触と、鼻をくすぐる白檀《びゃくだん》の薫香《たきもの》に現《うつつ》であることをさとって、いっそうすすりあげる。その鼻の頭はやはり紅色に染まっている。

(この色だ……)

赤い鼻を目にして、源氏の胸に懐かしさがこみあげてくる。源氏はかつて姫を詠《よ》んだ歌を思い出し、少しも変わらずにひたすら自分を待っていた姫を、愛おしく思った。末摘花《すえつむはな》とよばれる紅花で染めたような鼻の色にも、なんとなく心ひかれる気持ちになった。

（なかなか親しみを感じさせる色ではないか。それに、こんないじらしい人だからこそ、わたくしは契《ちぎ》りを結んだのだ。末永くお世話しなくては……）

そうひとり納得し、姫を抱きよせてこういう。

「末摘花《すえつむはな》の君、あなたをどうして忘れたりするものですか」

姫は夢にまで見た源氏の腕に抱かれながら、

（またつらい思いをするくらいなら、わたくしは父上の残したこのお邸《やしき》とともに朽《く》ちはててしまったほうがよかったかもしれない……）

と、源氏と出会う前の、控えめに静かに暮らしていた日々を恋しく思っていた。

交錯するふたりの思いに、春の夜のほのかにかすんだ月が金色の光を投げかけていた。

■解説――末摘花と光源氏

なぜ、類《たぐい》まれな不器量女と源氏は逢瀬《おうせ》を重ねたのか

光源氏の恋愛遍歴という形で物語が進行する『源氏物語』には、たくさんの魅力的な姫君が登場します。

そのなかで末摘花《すえつむはな》とよばれる姫については、なぜか類《たぐい》まれな不器量さと不器用さをかねそなえた女性として描かれています。末摘花というのは紅花《べにばな》の異称です。茎《くき》の末《すえ》のほうから咲き始める花を摘《つ》みとって紅をつくります。その紅花で染めたように彼女の鼻が赤いところからつけられた呼び名なのです。

名だたる色好みの美男子、光源氏と末摘花との恋愛模様は、喜劇的であると同時に悲劇的でさえあるように感じられます。

末摘花の容姿の醜《みにく》さ、たしなみや着物への情緒のなさ、侘《わび》しい様子などが容赦《ようしゃ》なく描写され、その執拗《しつよう》さは残酷なほどです。幼い紫《むらさき》の上《うえ》を相手に、源氏が末摘花を揶揄《やゆ》する絵を書いてふざけあう場面もあり、これなどはおかしさをとおりこ

して末摘花が憐《あわ》れにすら思えます。

原典では、末摘花が自分の欠点や源氏の同情心にまったく気づかず、対等な恋愛だと思いこんでいる様子がおもしろい、という視点で、ふたりの恋愛を描いています。

しかし、末摘花の立場になって考えるとき、姫は本当にそこまで鈍感で、感情の糸を震《ふる》わすことのできない女性だったのでしょうか。

本書では、末摘花は自分が女として魅力的でないことを十分に承知していながら源氏に恋をしてしまった、という視点から末摘花の恋愛をとらえてみました。

自分の容姿やセンスに自信がないため必要以上に内にこもり、恋をすることにも臆病《おくびょう》になってしまう女心。そして恋してしまったがために相手の気持ちを勘ぐり、心の平安を失っていく哀《かな》しさ。それらを末摘花のなかにも見出すことができるのではないでしょうか。

末摘花と源氏との仲をとりもつ大輔《たいふ》の命婦《みょうぶ》が、じつは源氏と男女の関係にあり、そして立身出世のため姫を利用し、さまざまな画策をしたというのは、想像です。

王朝貴族の精神風俗を華麗にあらわしているとされる『源氏物語』のなかでも、

弱いものいじめをしたり、強いものを騙《だま》してからかったりする宮廷女房たちの本性がかなり顕著《けんちょ》にあらわされているのが、末摘花の巻だといわれます。

王朝風俗の「美意識・美しいものへの崇拝」が、末摘花というヒロインを生み、そこに欠かせないのが命婦のような宮廷女房の存在だと、考えられています。

ですから命婦の視点は、そのまま宮廷社会の価値基準であり、取りもなおさずそれは作者である紫式部の価値観だといえるでしょう。

本書では、命婦の意地悪によって、末摘花と名づけられる原因となったどぎつい紅色の晴着が源氏に贈られますが、結局それをからかった歌がもとで、源氏は姫のことを思い出します。

ずっと命婦の謀《はかりごと》に利用され、馬鹿にされつづけてきた末摘花ですが、最後に笑ったのは、末摘花のほうだったのではないでしょうか。

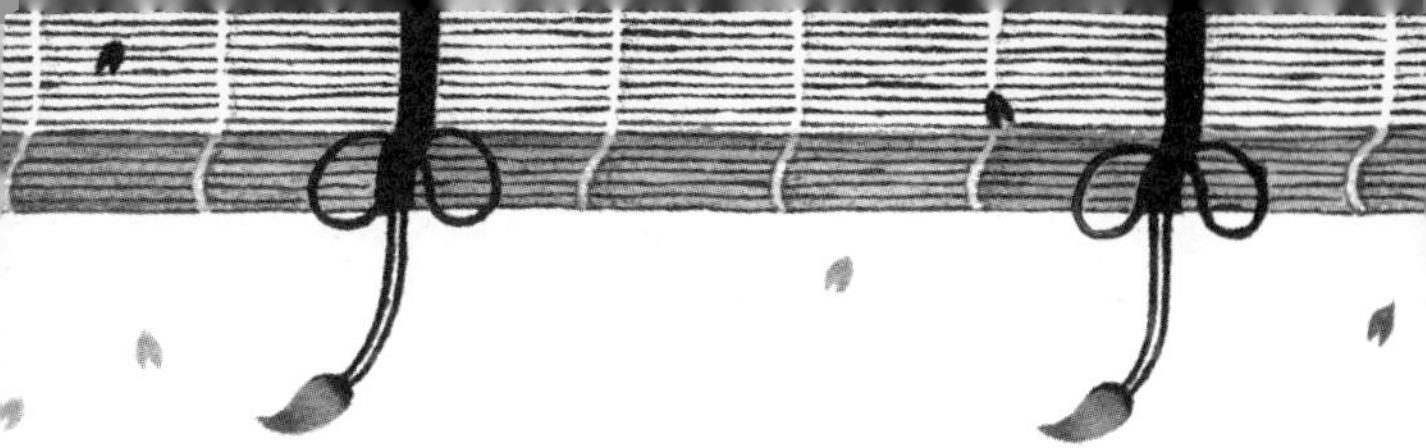

朧《おぼろ》月《づき》夜《よ》

豊かな黒髪をふり、ひとりの女君《おんなぎみ》が立ちあがった。

「おまちなさい。話はまだ終わっていないのですよ」

「もう十分うかがいましたわ。入内《じゅだい》の話なら、もううんざり。春宮妃《とうぐうひ》ならわたくしよりもいい方がいらっしゃるでしょう」

強い口調で答えているのは右大臣家の六女、六《ろく》の君《きみ》である。裳着《もぎ》をすませたばかりの顔にあどけなさがのこる。けれども、額《ひたい》の下の勝ち気な瞳から、こぼれるような妖艶《ようえん》さが匂い立つ。威光《いこう》まばゆい右大臣家の姫君《ひめぎみ》として、なに不自由なく明るく闊達《かったつ》に育っている。

「そなたのためにいうのですよ」

六の君を諫《いさ》めているのは弘徽殿《こきでん》の女御《にょうご》である。女御は桐壺《きりつぼ》の帝《みかど》の妃《きさき》であり、右大臣家の一《いち》の君《きみ》、つまり六の君の長姉である。同時に、春宮（のちの朱雀帝《すざくてい》）の母でもある。

その昔、女御は入内し、当時春宮であった桐壺の帝の御子《みこ》（一《いち》の皇子《みこ》）を産んだ。

それがいまの春宮である。

春宮がまだ一《いち》の宮《みや》（一の皇子）とよばれていた頃、女御が出産などで*宿下《やどさ》がりをすると、お見舞いと称して右大臣家を訪れることがあった。やさしい一の宮は、やんちゃな六の君の格好の遊び相手で、六の君は一の宮を「宮様」とよんで親しんだ。そして親子ほど年のはなれた女御を姉と思うより、よほど一の宮のほうが兄のように思えたものだった。

その一の宮が先年、春宮にたった。すると右大臣家では六の君を入内させて春宮妃に、という話がもちあがった。

あと押ししているのは弘徽殿の女御だった。女御はかなり以前から、年のはなれた小さな妹の、聡明《そうめい》ではつらつとした気性を愛していた。

（春宮はあのとおり性格がやさしい。将来、帝位に就《つ》いたとき、あの子のやさしさは不安だ。妹のように気性のはっきりした女君が、後宮《こうきゅう》から息子を補佐してくれたら……）

気のやさしい息子をもつ母親の親心ではあった。そのいっぽうで、六の君が入内し、春宮との間に皇子をもうけて国母《こくも》＊ともなれば、外戚《がいせき》としての右大臣家の更《さら》なる繁栄は

＊宿下《やどさ》がり／暇をもらって親元へ帰ること　＊国母《こくも》／帝の母

約束されたも同然という、政治的打算もきっちりふくまれている。

六の君はそれを知っている。

「どうしてわたくしが家のために、宮様の妃《きさき》にならなければならないの」

「なにをいうのです。そなたが皇子《みこ》をもうければ、そなただって国母《こくも》として輝くばかりの栄誉が得られるではありませんか。それのどこが気にいらないのです」

「それがいやなのだわ。お姉様だってすえは皇太后《こうたいごう》様でしょう。でもいま、お姉様は単なる女御《にょうご》様で、主上《うえ》の御寵愛《ごちょうあい》もさっぱりじゃない。結局、宮様を産むためだけに入《じゅ》内《だい》したようなものよ。人身御供《ひとみごくう》だわ。御寵愛もないのに、次代の権力にすがって居つづけなければならないなんて。そんな後宮《こうきゅう》にいくのは絶対にいやよ」

さすがに弘徽殿《こきでん》の女御《にょうご》は色をなした。

「いっていいことと悪いことがありますよ。まったく、父君がそなたを甘やかして育てるものだから……」

しかし、六の君のいうとおり、当時、桐壺《きりつぼ》の帝《みかど》の寵愛は女御からすっかり藤壺《ふじつぼ》の宮《みや》にうつっていた。女御は春宮《とうぐう》の母として、それなりの待遇を受けているにすぎなかった。ただ、後《うし》ろ見《み》である右大臣家の勢いもあり、後宮での権勢は絶大なものがあった。

妹の六の君が生まれたとき、父はすでに右大臣であったが、姉の弘徽殿の女御はちがう。女御は若かった父がいまの地位を築くのに、どれほどの苦労をしてきたかを知っている。そのせいか、女御は右大臣家の兄弟のなかでもとくに政治的な感覚に優れていた。

また、自分が産んだ一の宮が春宮になったことで、右大臣家に繁栄をもたらしたという誇りにみちていた。最近の右大臣家では、いっそ女御のほうが右大臣よりも発言力がある。六の君の入内の話も、その発端は女御であった。

「とにかく、四月には入内です。よろしいですね」

有無をいわせない言葉であった。

六の君は美しい眦《まなじり》をあげ、無言で局《つぼね》をでていった。

世のなかは春を迎えた。

その日、宮中では桜の宴《えん》が華やかに催《もよお》されていた。

紫宸殿《ししんでん》の南庭に植えられた左近《さこん》の桜《さくら》は、万朶《ばんだ》の花がふさふさと咲き乱れ、薄紅《うすべに》の霞《かすみ》と見まがうばかりの風情《ふぜい》をたたえている。

舞楽《ぶがく》の台では色鮮やかな袖《そで》が幾重にもひるがえり、その周囲では若い上達部《かんだちめ》や年老いた博士《はかせ》が、帝《みかど》から賜《たまわ》った韻《いん》を織り交ぜながら、苦心をかさねて漢詩《からうた》を創っている。提出された漢詩を詠《よ》みあげる講師の、清々《すがすが》しい声が春浅い空に響きわたる。

そうしたなか、春宮《とうぐう》に所望されて舞った源氏の君の『青海波《せいがいは》』に、賛嘆の声があがった。

「ごらんなさいよ。まぁ、源氏の君の美しいことったら」

「本当に。左近の桜までが、なにやら恥ずかしそうに見えますわね」

御簾《みす》内からながめる物見《ものみ》の女房《にょうぼう》たちは、あれやこれやとかまびすしい。互いに袖《そで》をひき、ささやきをかわして笑いさざめく。

(源氏の君……か……)

六の君の勝ち気な目が、うながされるように源氏の姿を追う。

源氏の君とよばれた年若い宰相《さいしょう》の中将《ちゅうじょう》は、優雅な物腰で御前《ごぜん》を退《ひ》くところであった。冠に挿《さ》している桜の一枝は、舞いを所望した春宮が「挿頭《かざし》に」と下賜《かし》したもので、その愛らしい桜花は歩むにあわせて小さくゆれ、ともすれば冷徹に見える源氏にやわらかな色をそえている。

(だれからも愛される美しいお方。いつも光のなかを歩まれるお方。お姉さまが警戒し、厭《いと》わしくお思いになるのも無理からぬことだわ……)

六の君は、こつんと扇《おうぎ》で床をたたいた。

源氏の君——。先年、弘徽殿《こきでん》の女御《にょうご》と寵《ちょう》を争った桐壺《きりつぼ》の更衣《こうい》が産んだ男御子《おとこみこ》、光る君とよばれた皇子である。美しい更衣は女御から帝の寵をうばった。それを妬《ねた》んだ女御はかなりの仕打ちを更衣にしたという。しかし、そんな画策も空回りし、更衣自身、当時三歳であった光る君をのこして他界した。

更衣の忘れ形見である光る君は父帝に目をかけられた。父帝の意向で源氏の姓を賜り、臣籍《しんせき》に下ろされたが、その庇護《ひご》は篤《あつ》く、皇子たちのなかでも一番、ときめいていた。

源氏は端整な容貌《ようぼう》にくわえて、詩歌《しいか》や管弦《かんげん》、舞いなどの才が際だっていた。まさに汀優《みぎわまさ》りの貴公子で、宮中には源氏を賞賛するあまり、

＊上達部《かんだちめ》／朝廷に仕える三位以上の高官、公家

「弘徽殿《こきでん》の女御《にょうご》のお産みになった一《いち》の宮様《みや》より、源氏の君のほうが春宮《とうぐう》にむいているのでは」

と噂する輩《やから》も多かった。それこそが女御に源氏を憎悪させる最大の理由であった。

（いくら臣下になったとはいえ、将来、一の宮の地位を脅《おびや》かすかもしれない……）

いっそ源氏の君を政界から葬《ほうむ》ってしまいたい――。

女御は源氏を憎みきらうというより、恐れ、警戒していた。


華やかにつづけられる桜の宴に、宵の闇が忍びよる。篝火《かがりび》が灯《とも》された。女君《おんなぎみ》や女房たちは頃あいを見計らうように局《つぼね》に下がりはじめる。六の君も立ちあがった。今夜は弘徽殿に泊まって、あくる朝、右大臣邸に戻るつもりでいる。

局に下がった女房たちは、まだ宴の興奮がさめやらぬ様子で、

「やっぱり主上《うえ》様って、威厳がおありだわ」

「あら、隣にいらした春宮様も、この頃はすっかり大人びてらしてよ」

と、たわいのない話に笑い興じながら、皆が寝静まったのは夜も更《ふ》けてからだった。

南庭の宴もお開きとなっていた。

六の君は宴の余韻《よいん》を引きずって、なかなか寝つけなかった。弘徽殿の細殿《ほそどの》（細長い渡り廊下）の戸を開け、しばらく風にあたった。折から空には朧月《おぼろづき》がかかり、あたりはいっせいに開いた桜花の、湿りをおびた匂いが立ちこめている。

そのとき、遠くで人影が動いた。

（あら、どなたかしら……）

あわてて六の君は殿舎《でんしゃ》に入ったが、細殿の戸を閉め忘れていた。

（きっと、どなたかが、局《つぼね》にお忍びにいらしたのね。こんな朧月夜ですもの、そんな気にもなるんでしょうね）

夢見がちな気分で六の君はすっと息を吸った。そして、

照りもせず曇りもはてぬ春の夜の
朧月夜に似るものぞなき

と、声にだして詠《よ》みあげた。

（お姉さまに知られたら大目玉ね。女が声に出して歌を詠むなんて……ふふふ）

六の君は含み笑いをした。

声にだして歌を詠《よ》むのは男にかぎられている。女はものに書きつけるか、か細い声でつぶやくのがたしなみ。とくに高貴な女性ほど、みだりに声を聞かせるのは恥とされていた。

六の君が含み笑いをしたそのとき、華やかな香りが六の君の鼻をついた。同時に背後からそっと袖《そで》がひかれた。はて、と思うまもなく、

深き夜のあはれを知るも入る月の
おぼろげならぬ契《ちぎ》りとぞ思ふ

（あなたはわたくしと同じように、この夜の情趣を愛《め》でていらっしゃる。きっとわたくしたちは前世からの深い約束で結ばれていたのですね）

と、歌が詠まれた。

（まぁ、無礼な……）

多少のことにはもの怖《お》じしない六の君はとっさに袖をはらい、

「だれですッ、名のりなさい」

と声を荒げたが、男に素早く抱きあげられていた。仰天した六の君はさらに、

「はなしなさいッ。だれか……」

と、声をあげるが、男の胸に深く抱かれた六の君の声は、むせ返るような薫香《たきもの》の衣に吸いこまれて消えていく。もがけばもがくほど、男のしなやかな衣に絡《から》めとられていく。

「怖がらないで……。わたくしがすることはだれも咎《とが》めたりしないのです。人をよんでも無駄ですよ。さ、おとなしくなさい」

憎らしいほど落ちついたその声に、

（源氏の君……）

と、思い当たったときにはもう、六の君は戸を閉ざした局《つぼね》の褥《しとね》に横たえられていた。

（……）

とっさに六の君は半身をおこし、あたりに脱ぎちらされている衣を胸いっぱいにかき抱いた。その衣を、男は手馴れた様子で一枚ずつとりのける。まるで魔法にかけられたかのように六の君は抗《あらが》わない。身ぐるみすべてが剝《は》ぎ取られた。

思わず両手で胸をおさえる六の君に、男はおおいかぶさり、その肢体に唇を這《は》わす――。

すべてがおわった。

褥《しとね》に散った乱れた黒髪のなかに、所在なげにぼんやり横たわる六の君。その目の端に桜の一枝が入った。

（あ、あれは……）

宴のときに源氏の君が春宮《とうぐう》から与えられたものだ。桜の花は萎《しお》れ、所在なげに転がっている。

（やはり源氏の君……。これでわたくしの入内《じゆだい》の話もおしまいだわ）

幼い頃に遊び戯《たわむ》れた一《いち》の宮《みや》のやさしいまなざしが脳裏に浮かぶ。萎れて転がっている桜の挿頭《かざし》のむこうに、一の宮のやさしげな後ろ姿が重なって見える。

（わたくし、宮様のところにいけなくなっちゃった……）

やさしいまなざしの春宮を想い、六の君の目に涙がにじむ。

（なんでこんなことになってしまったのかしら……）

こんな仕打ちを受けても、風流でならす源氏の君が相手なら、喜ぶ女君《おんなぎみ》たちは大勢いるだろう。でも、わたくしはちがう。本当なら春宮のもとへ入内するはずの身。入内を拒んだのは、後宮《こうきゆう》という特殊な世界をただ嫌悪していたから。本当は春宮が好きなのだ——。

そう思い、春宮を慕う気持ちにあふれかえっていた。

甘やかな感傷にひたっている六の君の背を、男がやさしく撫でる。はじめての女にはありがちな感傷といわんばかりであった。

（まぁ、けがらわしい……。冗談じゃないわ。これが風流の道なの。自分の好きな人は自分できめるわよ。これじゃ騙《だま》し打《う》ちじゃないの）

六の君は急に腹だたしい思いにとらわれた。男の手をふりはらってやりたい気持ちだが、あまり子どもじみたまねもできない。相手はいまをときめく源氏の君なのだからと、思う。

ようやく落ちついてくると、

（お姉様がこれを知ったら、どうなさるかしら……。烈火《れつか》のごとく怒るにきまっている。それに源氏の君って、左大臣家のお婿《むこ》様じゃないの。右大臣の父とは相容《あいい》れない関係。どうしよう……）

でも、とにかく入内《じゅだい》の話はおしまいだわ。やはり、わたくしは生きたいように生きるわ。源氏の君、あなた、一蓮托生《いちれんたくしょう》よ――。そんな気持ちになっていた。

夜明けがやってくるころ、局《つぼね》の気配があわただしくなった。明るさを増していく寝《しん》所《じょ》で、男がこう問いかけてきた。

「夜が明けてしまう。さ、名を聞かせてください。まさかこれでおしまいだなんて、お思いになっていらっしゃらないでしょうね」

さすがに優雅な風情《ふぜい》である。六の君は半身をおこして男を見やり、

「こんな意地悪なことをされて、わたくしはいまにも死んでしまいそうですわ。どうしてもわたくしのことをお知りになりたいのなら、ご自分で草を踏みわけて、わたくしの奥津城《おくつき》（家の墓）をお探しください。それとも、そこまでしてくださるお気持ちはございませんかしら」

そういって婉然《えんぜん》と微笑《ほほえ》んだ。まるで朝日にうかぶ大輪の牡丹《ぼたん》の花のように、露をふくんだ妖艶《ようえん》さがただよう。男は一瞬、気圧《けお》されたようだったが、

「探すうちに噂になったらご迷惑かと懸念《けねん》しただけですよ。わかりました。探せと

おっしゃるなら探しましょう。それとも、まさかはぐらかすおつもりでは……」

男がいい終わらぬうちに六の君は立ちあがり、すっと扇《おうぎ》を差しだし、こういった。

「奥津城には墓標がつきもの。これを縁《よすが》にお探しなさい」

「それならわたくしも命をかけて」

と、男も扇を差しだした。

その扇を、六の君は謎めいた笑いを浮かべながら受けとり、局の奥の座敷へ消えた。

弘徽殿《こきでん》の奥座敷へ入った六の君は、源氏のよこした扇にそっと顔をよせてこう思う。

（いい香り……。あの方はわたくしを探し当てるだろうか。弘徽殿で出会ったのですもの、きっと探しあてるわ。でも、わたくしが右大臣家の娘とわかっても、わたくしを思ってくださるのかしら……）

あなたは、左大臣家のお婿様《むこ》。わたくしの家は右大臣家。政敵の娘をかどわかすなんて、あなたはなんてお馬鹿さんなのかしら。あなたの失脚を宮中で一番望んでいる弘徽殿の女御《にょうご》の妹に手をだすなんて――。

（でも、なんだかおかしいわ。いつもなら、なにをするにも父上やお姉様が、ああしろこうしろっておっしゃるのに、今日にかぎってわたくしは自分で勝手にはじめてしまった。それも恋を。変な気分……）

そう思ってたまらなくなり、声をあげて笑った。

いつのまにか奥の局《つぼね》で寝ていた侍女がやってきて、姫様、そんな大きなお声で笑っては、はしたのうございますと、寝ぼけ眼《まなこ》で六の君の袖《そで》をひいた。

（はしたない……か）

そうね、入内《じゅだい》する姫は、清く正しく美しくなくてはいけないんだわ。馬鹿な殿方に騙《だま》されることのないように、ね——。

そう自虐《じぎゃく》的につぶやき、そそくさと身繕《みづくろ》いをはじめた。

源氏が六の君を探しあてるのに、そう時間はかからなかった。あくる月、右大臣家で催《もよお》された藤の宴で、ふたりは密《ひそ》やかに再会をはたしていた。

「奥津城《おくつき》が右大臣家だったとはね」

「あまり足繁《あししげ》く通わないのが、奥津城というところですもの」

「それはどうかな。奥津城は人を偲《しの》ぶもの。通うなというほうが、罪なのでは」

「でも、通う道は容易ではなくてよ。それに奥津城の先には地獄があるかも。ああ恐ろしい。さっさとおしまいになさったほうがいいのではないかしら」

「おしまいにした途端、弘徽殿《こきでん》の女御《にょうご》様にいいつけるのでしょう。こんなにひどいことをされましたって」

六の君の黒髪を指に巻いて戯《たわむ》れながらいう源氏に、六の君は肩をすくめてこういう。

「いうかもしれない。いいつけられたくなかったら、この関係をつづけなさいな」

「それはおどしなの」

「さぁ……、でもあなたはわたくしのお墓を探しにきたのよ。ここはあの世。世間なんて関係ないの。どうせわたくし、もう春宮《とうぐう》様のところへもいけないのだし……」

六の君は少し目を落とした。

(きっとこの恋はすぐに露見する。相手は政敵の婿君だ。露見したとたん、それはとんでもない醜聞となるだろう。でも、そうなったらそうなったで、春宮妃の呪縛《じゅばく》からも、家の期待からも、すべて解放される……ただ)

ふたりの関係も絶たれてしまう。あの姉が、だまっているわけはない——。そう、六の君は思う。

ふたりは口すいをした。秘めやかな恋はふたりを強く惹きあわせる。春宮《とうぐう》への小さな背徳の思いも、いっそう恋にのめりこませる力になっていた。

ふたりの逢瀬《おうせ》の噂はたちまち弘徽殿《こきでん》の女御《にょうご》の耳に入った。

「愚《おろ》かなッ、どういうことですッ」

血相をかえ、女御は六の君を問いただした。

そうこうするうち、桐壺《きりつぼ》の帝《みかど》が譲位し桐壺院となり、春宮は即位して朱雀帝《すざくてい》となり、女御は皇太后《こうたいごう》として大后《おおきさき》とよばれることとなった。右大臣家も晴れて外戚《がいせき》としての実権をにぎって、いまや権勢はとどろくばかりであった。

「まったく、この日のために、そなたを春宮妃にと考えていたのに……」

と、大后の六の君への怒りはしばらくおさまらなかった。

季節がめぐり、六の君は御匣殿《みくしげどの》として宮中に参内《さんだい》することとなった。

「邸《やしき》に押しこめても、しかたがありませんからね」

六の君の宮仕えは大后の意向であった。

源氏との一件はしかたがないとしても、ゆくゆくは六の君を朱雀帝のもとへ、という思いが、まだ大后のなかに燻《くすぶ》りつづけていた。今回の任官はその布石といえる。

二年後、桐壺院が崩御《ほうぎよ》すると、大后は欠員のできた尚侍《ないしのかみ》に六の君を任官させた。尚侍というのは、表向きは帝の日常生活に奉仕する役所、内侍司《ないしのつかさ》の長官だが、帝の寵愛《ちようあい》を受けることも多い。

（やっと手に入れた摂関《せつかん》の地位を一代かぎりで捨てるなど、できることではない。皇《こう》妃《ひ》として入内《じゆだい》することは無理でも、とにかく六の君が皇子《みこ》を産んでくれれば、その子を帝位に就ける手だてはいくらでもある……）

そんな大后の思惑をよそに、尚侍となっても六の君は源氏との逢瀬《おうせ》をやめなかった。いや、やめられなかった。

「逢《あ》いたいの」

いつも、そのひと言を、姉である大后に返した。源氏は六の君にとって現実の憂《うれ》いを払う魔法であった。逢えばすべてを忘れられるような気がした。

＊御匣殿《みくしげどの》／宮中で衣服の調達・裁縫をつかさどった所、またその仕事の長

源氏との関係が露見《ろけん》しても、尚侍として宮中にあげられた六の君は、いまも桜の宴の日の背徳を自責する気持ちをもっている。

その六の君は、宮中にあがった日から一の宮であった朱雀帝《すざくてい》に懐かしがられ、寵愛された。

朱雀帝は、源氏とは異母兄弟であるだけに面ざしが似通っている。だから六の君は朱雀帝に抱かれているとき、源氏に抱かれているような錯覚を起こす。しかし、ふたりはちがう。熱さも、手の動きも、なにもかもちがう。それゆえ召されても積極的になれなかった。まるで動かない人形のように横たわっているだけであった。源氏となら狂おしく過ごせるのに、朱雀帝とのときには、まるでやさしい母親にそっぽを向く子どものようになっている。それが、せつなかった。そのせつなさを忘れるために、また源氏に逢いたくなる。逢いたくて逢いたくてたまらなくなるのだった。

朱雀帝は六の君を召《め》すたび、

「もう少し、わたくしのことを想ってくれないか」

そういって一の宮の頃から変わらないやさしいまなざしで見つめる。それはかき口《く》説《ど》くようでもなく、うらむようでもない。大きな岩を貫こうとする一粒の滴《したた》りに似て、その言葉には気の遠くなるようなあきらめがただよっていた。

朱雀帝は六の君の心の在処《ありか》を知っている。また、異母弟の源氏が自分よりも美しく才長《さいた》けた男だということも知っている。母親の大后《おおきさき》とちがい、昔から源氏を羨ましく思い、憧憬《どうけい》もしてきた。だからこそ、六の君が源氏に惹かれる思いをやめようがないこともわかっていた。

ただ幼い頃、負けん気な瞳を輝かせ、花のように笑っていた六の君を忘れることができなかった。

（あの頃のあなたはまぶしくて、わたくしはただあなたをながめていることしかできなかった。でも、いまのあなたはちがう。あなたを輝かせてくれる人が、ほかにいる。わたくしはあなたが好きな人のところへ鳥のように飛んでいくのを、やはりながめていることしかできない……）

そんなやさしさが、かえって六の君を焦燥《しょうそう》させていることに朱雀帝は気づいていない。

六の君は思う。いっそわたくしの不実をなじってくれればどんなにいいか、と。

（なにもかも知っているのに、どうしてわたくしを責めないの。宮様はやさしすぎる。昔からそうよ。どうしてもっと強く、わたくしだけを見ろ、わたくししか見るな、といって下さらないの。いって下されば、わたくしはあの方のことをあきらめられるかもしれないのに。きっとわたくしなんかどうでもいいのね。お姉様にいわれてわたくしを召《め》しているだけなのよ。なぜ、人のいいなりにしか動かないの。わたくしは思うとおりに生きるわ）

激しい源氏との愛を、朱雀帝《すざくてい》に見せつけてやりたくなることもあった。宮様とはちがうの、こんなに夢中なの、と。

けれども源氏との愛はむなしい幻想であることを六の君はわかっている。それは雅《みやび》やかな遊戯にすぎない。だから相手に正妻がいようと、愛妾《あいしょう》がいようと関係がない。自分が相手を愛しているということだけで、よかった。

六の君は、人から本当に愛されることに慣れていなかった。好き勝手な行動で姉を怒らせ、また朱雀帝を苦しめるのも、その人たちがどれだけ自分を愛しているのか、試しているのだった。そのことにようやく気づき、こうひとりごとをいった。

（いやな自分……。でもどうしようもないんだもの）

その頃、大后《おおきさき》は脇息《きょうそく》にもたれてため息をついていた。

（六の君と源氏の君は、まだ密《ひそ》かにつづいているようだが、これではなんのためにあの子を宮中にあげたのかわからない。噂では、帝《みかど》が御修法《みずほう》*のために精進なさっている最中に、源氏の君と示しあわせて弘徽殿《こきでん》の細殿《ほそどの》で逢っていたとか……。あんな人の往来がふえる時期に、なんとあさはかな。いまでは帝の寵愛《ちょうあい》もあるというのに、本当に怖《こわ》いもの知らずな……）

そこまで考えて大后の目が動いた。

（怖いもの知らず……。いえ、あのふたり、怖いものを知らないのではない。怖いと思っていないのだわ。ええ、きっとそうです。まぁ、軽くみられたこと。それがどういうことか、わからせてやらなくては……ふふふ）

大后に笑みがこぼれた。

*御修法《みずほう》／宮中などで行われる加持祈禱の法

そのうち宮中に、源氏の君は帝を軽《かろ》んじておられる。謀反《むほん》の企《たくら》みがあるのではないかという、噂が流れだした。

「あの噂を流したのは、まさか……」

まっさきに大后《おおきさき》に抗議したのは朱雀帝《すざくてい》であった。

「噂かどうかわかりませんよ。本当かもしれないのですから。あんまり弟思いがすぎるのも感心しません」

そんな折、とんでもない事態が露見《ろけん》する。

その日、実家の右大臣家に戻っていた大后は、よばれるままに右大臣の御座所《おましどころ》へいった。右大臣は怒りのためか、とり乱していた。

「まあ、どうなさいました、父君ッ」

と、思わずその腕をとると、その手には手習いをしたような懐紙《ふところがみ》がにぎられていた。

「これは……」

「これこそ、あの源氏の君が忍んだ証拠だッ」

えッと聞きかえす大后に、右大臣は恐ろしい勢いでまくしたてた。それによると――。

数日前から、六の君は病のため宿下がりをしていた。念入りに祈禱《きとう》などをし、そろそろ本復《ほんぷく》しかけていた昨日、夜半に突然、雷混じりの暴風雨が吹きあれた。それがようやくおさまって、今朝《けさ》、右大臣が六の君の部屋を訪れると、六の君が妙にあわてふためいた様子で几帳《きちょう》の陰から姿をあらわしたという。

「なにやら赤い顔をしているので、怪《あや》しいと思ったのだ。祈禱がたりないのか、それとも、と思ったら、足元に帯がからんでいる。二藍《ふたあい》の帯。男ものじゃないか。そのうえ、この懐紙がおちていた。だれやらの文《ふみ》かと手をのばしたら、六の君が急にとり乱した。どうした、なにをあわてる、と帳台《ちょうだい》に踏みこんだら、だれがいたと思う。源氏の君だぞ。驚いたのはこっちだ。しかも、わたくしが踏みこんでからゆっくり顔なぞ隠しおって。ああ、いま思っても腹がたつッ」

なぜ、いつまでも娘をなぐさみものにするのか。人の話では斎院《さいいん》さまとも文をかわしているというではないか。近衛《このえ》の大将《だいしょう》などという恵まれた地位にいながら、いったいどういう料簡《りょうけん》をしておいでなのだ——。と、一気にまくしたて、大きく息をついた。

それを見て大后が口を開いた。

「要するに、主上《うえ》を侮《あなど》っているのですよ。だいたい前の左大臣からしてそうでした。主上がまだ春宮《とうぐう》でいらした頃、はじめは左大臣家の姫を妃《きさき》にと思っていましたのに、左大臣はそれを断って、こともあろうに臣籍《しんせき》に降下された源氏の君に娶《めと》せたのですよ。馬鹿にしているではありませんか。つぎに六の君をと思案すれば、今度は入内直前《じゅだい》に、あのような失態をしでかす始末。元凶は源氏の君です。兄である主上を蔑《ないがし》ろにしているのです。

六の君も六の君ですよ。あんな恥さらしなことがあっても、やはり妹です、宮仕《みやづか》えの手はずも整えてやったというのに、なんでしょう。その恩も忘れて、こそこそ密会など重ねて。いまでは主上のお側《そば》にも上がりながら、あつかましいにもほどがあります。斎院《さいいん》さまの噂だって、わかったものではありません。きっといやらしい手段でも使って……」

怒りのために大后《おおきさき》の目が据《す》わっている。

「いや、そこまでは……」

と、あわてて右大臣がとりなした。

「まあ、事が事じゃ。今回のことは表沙汰《おもてざた》にはすまい。主上の御寵愛《ごちょうあい》があまりに深いゆえ、六の君もまさか捨てられまいと高《たか》をくくっているのであろう。本当にしかたのない娘じゃ。厳重に注意して、それでもまだ懲《こ》りぬようなら、今度はわたくしがその責めを負うから……」

「ほっほっほ……」

突然、大后が笑った。乱心したかと、慄然《りつぜん》とする右大臣に大后はこういう。

「父君、本当に六の君には甘くていらっしゃるのですね。まあ、いいでしょう。それにしても源氏の君です。わたくしがこの右大臣邸にいると知っていながら、愛《いと》しい六の君に逢うためとはいえ、まあ本当に勇敢ですこと。あの方はいまの春宮《とうぐう》の御後見《ごこうけん》をつとめていらっしゃるはず。その勢いで、いつ主上を廃《はい》して春宮を御即位させるかわかりませんわ。ああ恐ろしや。謀反《むほん》の前ぶれですわね」

ああ、恐ろしや、とくりかえしながら御座所《おましどころ》を悠然と出ていく大后の口元に、笑みが浮かんでいた。


「なに、源氏の君が謀反《むほん》ッ」

宮中は騒然となった。

ついに朝廷は尚侍《ないしのかみ》を寝取ったという咎《とが》（罪）で、源氏の官位を剝奪《はくだつ》した。流罪《るざい》の恐れもあったので源氏はみずから退京し、須磨《すま》へ隠退した。六の君は自宅謹慎の身となった。

「お姉様ッ、お姉様があの方を追いやったのね」

「源氏の君にはかねてから謀反の噂がありました。陰で主上《うえ》の寵姫《ちょうき》に手をだすなど、もってのほかです」

「父君もひどいわ。いきなり帳台《ちょうだい》に踏みこんで。わたくしはもう一人前の女なのよ。少しはわたくしの事情も慮《おもんぱか》ってほしいものだわ」

「おだまりなさいッ。あれが、そなたの事情だというのですか。恥を知りなさいッ。父君を悪くいうのはやめなさい。まだ、目がさめないのですか。遊ばれているだけですよ」

「わたくしだって楽しかったんですもの。なにがいけないの。お姉様のいうとおり、わたくしは尚侍《ないしのかみ》となって、主上のお側《そば》にお仕《つか》えしている。あとはわたくしの好きにさせてくれてもいいじゃないの」

「もの笑いになるようなことが、そんなに楽しいのですか。少しは主上のことも考えなさい。そなたに思いをかけておられる主上は、もっと、もの笑いなのですよ」

言葉につまって六の君は唇をかんだ。

（そんなつもりはない。宮様を笑いものにしようだなんて……）

しかし、現実にはそうなのだ。桜の挿頭《かざし》のむこうでやさしげな後ろ姿を見せる一の宮の幻影が、ふたたび六の君の胸をしめつける。大后《おおきさき》の衣から高雅な薫香《たきもの》が匂いたつ。六の君は静かに膝をついて、頭を下げていた。

一年がすぎ、六の君は謹慎をとかれ、再び宮中にあがった。朱雀帝《すざくてい》は相変わらずやさしいまなざしで六の君を見つめる。

「あの頃はだいぶ大后にしかられたようだね」

「恥を知れと、いわれました」

そっぽを向くような調子で六の君はいう。けれども、その少しふてくされた顔が、朱雀帝にはおかしく、また心が惹《ひ》きつけられる。

「かわらないね、そのふくれっ面《つら》は。しかし、大后はあのとおり厳しいお方だからね。おかげで、わたくしなどはなにもさせてもらえないよ」

「つまらなくありませんの」

いってから、はっとした。

「わたしはつまらない人間だから、しかたがない。源氏の君などは管弦《かんげん》の遊びをしても、歌あわせをしても、そこにいるだけで座が華やぐ。それなのに、わたくしときたら本当にいるだけだ。そう思う人は多いはずだよ」

くっと、喉《のど》がつまる。六の君は言葉を探した。湿り気のある風がわたり、庭の叢《くさむら》にすだく秋の虫の声がかまびすしい。

「その源氏の君を、わたくしはあのような目にあわせてしまった。故院（桐壺《きりつぼ》の帝《みかど》）は源氏の君を大切になさるよう、遺言《ゆいごん》されたのにね。そのうちきっと、わたくしにも罰が下るだろう」

「でも、あれは主上《うえ》のご意向ではなかったのでしょう。あれはお姉様が……」

「同じことだよ、とめられなかった。それに……」

帝の言葉がとぎれた。

（うん……）

六の君はうながすように朱雀帝《すざくてい》を見た。

「……いなくなればいい、とも思った。あなたのために」

「わたくしのために……」

「うそだよ。……わたくしのためだ」

六の君の全身に震えがくる。いつもやさしい朱雀帝のまなざしの奥の、深淵《しんえん》に秘められた炎をみたように思った。六の君の瞳に突然、大粒の涙があふれる。

「どうして泣くの」

朱雀帝は六の君の肩をそっと抱き、

「だれのために泣いているの」

と問いかける。

「宮様は意地悪よ。だれのためかですって……そんなこと、知らないわッ」

負けん気な瞳をぬらしながら、六の君は朱雀帝を見あげた。朱雀帝のまなざしは相かわらずやさしい。

（馬鹿だわ、馬鹿だわ、本当に馬鹿だわッ）

なにが馬鹿なのかわからないけれども、「馬鹿だわッ」という言葉がくりかえし六の君の頭のなかに響く。

（自分の無鉄砲な行動が姉を怒らせ、源氏の君を隠退させ、主上を苦しめている。でも、そうせずにはいられなかった。なんと罪深いことなのだろう……）

六の君はしばらく泣いていた。艶《つや》やかな衣の袖《そで》が乱れて、薫《た》きしめられた香があたりにふりこぼれた。


源氏は退京してから足掛け三年目の秋、許されて京に戻ってきた。

その源氏の君に、六の君は逢《あ》わなかった。朱雀帝《すざくてい》が譲位し、朱雀院と称して上皇の殿舎に遷《うつ》ると、それにしたがって六の君も内裏《だいり》から姿を消した。

その後、六の君は朱雀院が出家《しゅつけ》すると、一度だけ源氏と逢瀬《おうせ》を結んだ。若かりし日の激情が思い出されて、ついかりそめの契《ちぎ》りを結んだのだった。

その帰り際のことである。

源氏が、

「また、この恋にのめりこみそうだね」

六の君にいいかけると、

「うそばっかり」

と、六の君は鮮やかに微笑みかえした。

その後、六の君は朱雀院を追って出家し、尼となった。

■解説――朧月夜と光源氏

自我と奔放な行動力をもった姫が結局、行きついた男性とは

六の君は一般に「朧月夜《おぼろづきよ》の君」という名前でよばれています。

けれども、原典のなかにその名前はありません。はじめて源氏の君に逢《あ》った夜の美しい情景と、そのときの歌の言葉をかりて、後世の読者が彼女をそうよぶようになったのでしょう。

さて、朧月夜の君は多くの研究者や源氏愛好家から、「当時の女性にしては珍しく、確固たる自我と行動力をもった魅惑的な姫君」と評価されています。

春宮妃《とうぐうひ》となることがきまっていながら源氏と恋におち、周囲の騒ぎもどこ吹く風、実家の戒《いまし》めにも耳をかしません。それどころか、自分から源氏にデートの誘いをかけたりするのです。

彼女をここまで大胆に、情熱的にさせた理由はなんだったのでしょうか。たんに彼女の性格でしょうか。それとも、そんなに源氏がすばらしい人物だったので

しょうか。

そこで思いあたるのが、彼女の恋は春宮妃という地位とひきかえの恋だ、ということです。

彼女は春宮妃となるはずでした。

しかし、桜の宴の夜、弘徽殿《こきでん》の細殿《ほそどの》の戸を閉め忘れたため、そこから忍び込んできた源氏に肌を許してしまいます。その夜、かしこい彼女は「終わったな」と万事を察したことでしょう。春宮妃が入内《じゅだい》前に別の男性と関係があったなど、聞いたこともありませんし、ひた隠しにしたところで、しょせんせまい宮廷社会です。いずれ露見するのは目に見えています。

春宮妃にはなれない。さりとて知らぬふりで入内しても隠しとおせる保証はない。となれば、彼女がとるべき道はかぎられてきます。

つまり自暴自棄《じぼうじき》、といってしまっては言葉がすぎるかもしれませんが、彼女がここまで燃えあがった裏には、「失うものは、もうなにもない」的な、肝っ玉の据わったあきらめがあったように思われます。

もちろん自暴自棄とはいっても、そこには彼女の性格も影響しています。生来、彼女はどこかあっけらかんとしたところがあるように思います。だいたい宴の夜、戸口も開けっぱなしの殿中で呑気《のんき》に放歌《ほうか》高吟《こうぎん》していたのは彼女のほうなのです。慎《つつし》みとか恥じらいとか、およそ春宮妃《とうぐうひ》候補として必要な情緒が少々かけています。春宮妃になるべく育てられた葵《あおい》の上《うえ》の気高《けだか》さや、元春宮妃だった六条《ろくじょう》の御息所《みやすどころ》の奥ゆかしさと比べると、彼女のおてんばぶりは親の顔が見たくなるほどです。

おそらく彼女は良家の末娘として、おおらかに、わがままいっぱいに育ったのでしょう。同時に幼い頃から権力のために奔走《ほんそう》する親兄弟の姿を見て、いっぱし人生を達観している部分があったのかもしれません。実家の野望を自分の不注意で駄目にしておきながら、彼女には「だってしょうがないじゃん」という開き直りさえ感じられます。

ただ、彼女にはどこか憎めない愛嬌《あいきょう》があって、これだけやりたい放題のことをしても周囲は許してしまいます。

物語後半で、彼女は朱雀帝《すざくてい》のもとに落ちつきます。じつは朱雀帝と彼女が幼い頃から顔なじみだったことは原典にでてきません。しかし、朱雀帝の母親は彼女の姉です。幼い頃は一緒に遊ぶ機会もあったと考えられます。

原典には、「いずれ源氏の君にも、捨てられちゃうんだぞ。最後まで君のことを見ているのはボクだけなんだから」という意味の朱雀帝のセリフがあります。単純に帝《みかど》という立場から発せられた言葉なら、じつに不遜《ふそん》です。しかし、彼女は反発するどころか、「そうかも……」と思います。

幼なじみのふたりだからこそ、こんな言葉もいやみにならなかったのでしょう。朱雀帝は源氏に夢中の彼女を、やんちゃな妹のように見ていたふしがあります。

そしてそんな朱雀帝だったから、彼女も最後には彼のもとへ戻ったのではないでしょうか。

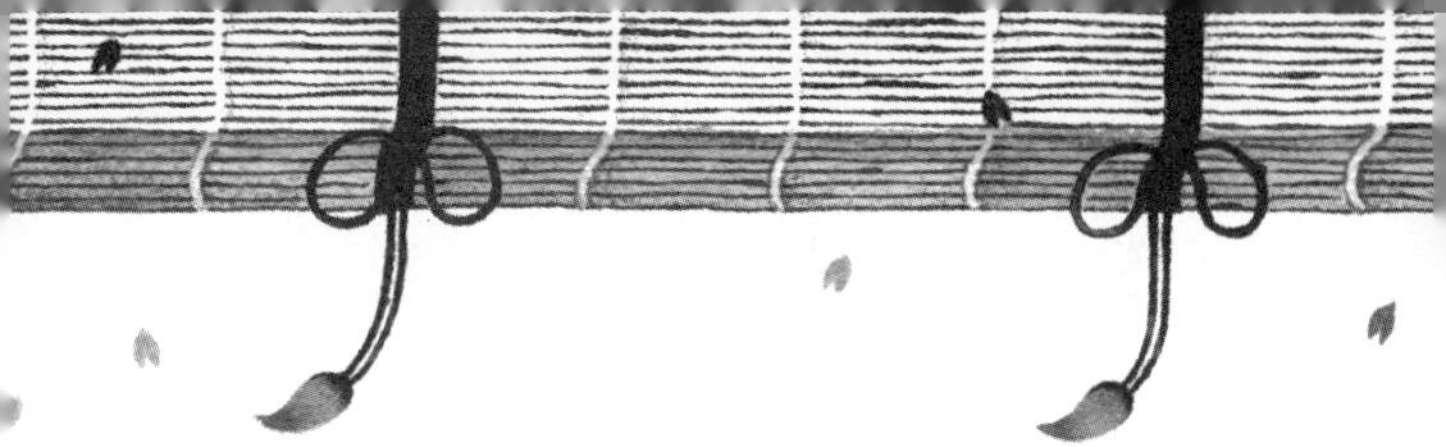

明石《あかし》の上《うえ》

若木の桜がちらほら花をつけ始め、春がめぐってきた。

源氏の君が須磨《すま》に隠退してもうじき一年が経《た》とうとしている。

*尚侍《ないしのかみ》である右大臣家の六《ろく》の君《きみ》、朧月夜《おぼろづきよ》を寝取ったという咎《とが》で、官位を剝奪《はくだつ》された源氏は、冤罪《えんざい》だと思いながら朝廷の処置に従ったが、

(このうえ政敵からどんな迫害が加えられ、どんな恥ずかしい目に遭うかしれない)

と、流罪《るざい》になるのを恐れてみずから退京し、須磨に引きこもっていた。

この間、須磨に近い明石《あかし》では——。出家者でありながら一人娘についてかねて大それた望みをもつ明石《あかし》の入道《にゅうどう》と呼ばれる六十歳ぐらいの父親が、娘を源氏に縁づけようとあれこれ思案していた。

明石の入道は前《さき》の播磨守《はりまのかみ》だった人で、その一人娘は優れた美貌《びぼう》の持ち主ではないが、やさしくて貴族の姫君に比べても恥ずかしくない気品があった。そのうえ京の高官の娘にも劣らない学問の素養があった。だから入道は、娘を自分のような*国守《こくしゅ》階級の男ではなく、京の貴人に嫁がせようと、日頃から娘にこう教え諭《さと》していた。「もし、わたしが早く死んでしまったら、いっそお前は海へ身を投げてしまってくれ。けっして

つまらない男と縁組みするな」

娘は、親の考えるような高貴な人が自分のような田舎娘《いなかむすめ》を人並みに扱ってくれるはずがないとわきまえているが、

（身分に釣《つ》り合った縁組みなど、自分は決してしない……）

と、父親に似て妙に気位が高かった。父親を頼りにするところもあって、もし父親に先立たれたら、自分は尼《あま》にもなろう、海の底に沈みもしようと、その教えを守ろうとしていた。

じつは入道は娘をごく幼いころから年に二度ずつ住吉神社へ参詣《さんけい》させ、貴人に縁づけるよう祈らせていた。みずからも娘の身に霊験《れいげん》が示されることを祈願しつづけ、十八年になる。

そんな頃、源氏が退京し、須磨に隠退したことを知ったのだった。

これこそ住吉明神のお引き合わせと喜んで、入道は源氏に娘を差し出すことをきめたのだが、当の本人と接触するきっかけがつかめず、日ばかりが過ぎていた。

＊尚侍《ないしのかみ》／帝の日常生活に奉仕する役所の長官　＊国守《こくしゅ》／地方長官

ある日、入道の娘に源氏の家来である良清少納言《よしきよしょうなごん》から手紙が届いた。入道は今の国守の息子である良清とは前々からの知り合いであるが、それとなく娘に想いを寄せる良清を相手にしなかった。そのため、気まずい関係となって久しかった。だが、ここにきて娘への突然の手紙である。返事の文《ふみ》を出さない娘に代わって入道は、話があるので明石へ来てくれないかと、良清に使いをやった。源氏の君との取り次ぎを頼もうとしたのだが、いっこうに良清は明石へ出向いてこなかった。

そのうち年も改まり、春がめぐってきたのだった。

その日、三月の朔日《さくじつ》（一日）のことだが、巳《み》の日に当たるので、源氏は旅回りの陰陽師《おんみようじ》を呼んで須磨の海辺で「巳《み》の日《ひ》の祓《はらえ》」を行なった。冤罪《えんざい》を受けている人はこの日にお祓《はら》いをするのが良いとされているからだ。

陰陽師が源氏の災いを人形《ひとがた》（形代《かたしろ》）へ移し、それを海に流し捨てた。すると、たちまち風が吹き出し、空はにわかにかき曇り、*肘笠雨《ひじかさあめ》が激しく降りだした。さらに海の上を稲妻が音をたてて走り、雨脚が白い糸を引いたようになった。まるで八百万《やおよろず》の神々が感応したかのようである。

一行は天気の急変に驚き、頭上にカミナリ（神鳴り＝雷神）がひらめくなか、家へ逃げ帰った。カミナリは夕方になると少しやんだが、風は夜になっても吹きやまなかった。

この夜、源氏は少しうとうとしたかと思うと――。

（うん……）

夢枕《ゆめまくら》に、＊異形《いぎょう》の者があらわれた。その者はこういう。内裏《だいり》からお呼びであるのに、なぜ参上なさらないのか――。

はっとして目ざめた源氏は、海の龍王（海神）にでも魅入られたのかと思って気味が悪くなり、須磨にいることがたまらなくなった。

その後、何日も雨と風が止まず、カミナリも毎日ひらめき、夢には相変わらず異形の者があらわれる。天気はますます荒れてゆく。この世の終わりがやってくるのではないかと思われるほどであった。

この日、突然、大きい音がした。御座所《おましどころ》に続く渡り廊下の屋根にカミナリが落ち、

＊肘笠雨《ひじかさあめ》／にわか雨　＊異形《いぎょう》の者／怪しい姿・かたちをした者

廊下が焼け落ちた。あちこちで泣く大勢の人の声はカミナリの音にも劣らなかった。

朝から晩まで荒れまくった風の騒ぎに、心身ともに疲れ果てた源氏は座敷の柱にもたれ、うとうとしていた。すると――。

*故院《こいん》が在りし世の姿のままあらわれ、

「どうして、お前はこんなひどいところにいる」

といって源氏の手をとり、立たせようとする。驚く源氏に、

「住吉の神が導いてくれるままに、早々船出をして、須磨の浦《うら》を立ち去るがいい」

私は京へ行く。帝《みかど》に申し上げることがあるのでな――。そういって、立ち去ろうとする。

「お待ちをッ、わたくしもお連れ下さい」

泣きながらいって父帝《ちちみかど》の顔を見あげると、誰もいない。御簾《みす》の向こうに月だけが煌々《こうこう》と輝いていた――。

翌朝、皆が起きだしたころ、須磨の海辺へ小さい船が着いた。船から上がった二、三人の男たちが源氏の住まう家を訪ねてきた。明石の入道の使いの者たちであった。

「良清少納言《よしきよしょうなごん》がおられるなら、明石の入道が事の子細《しさい》を申し上げたい」とのこと。良清が明石へやってこないので、入道みずから須磨へ出向いてきたのだった。

良清は、源氏に入道との関係を打ち明け、こういった。「入道から手紙が届いたが、娘をくれるのでもないのに、わざわざ明石へ出向いて行くのは馬鹿らしいと、行かなかったのです」

源氏は、昨夜の夢のこともあるので、ともかく会ってみるがいいと良清を促《うなが》した。

さっそく海辺の船を訪れた良清は、入道からこんな話を聞かされる。この朔日《さくじつ》（一日）に見た夢で須磨へ行けという託宣《たくせん》があった。二度目に見た夢では、十三日に暴風雨がおさまるから船の用意をしておけ。おさまったらすぐに須磨の浦へ行けという、託宣があった。試しに船の用意をしておくと、昨夜になって急に海の様子が変わったので船を出してみたところ、順風が吹き出し、すべるように須磨まで来られた。これはきっと、須磨にいる源氏の君を明石に連れて来いという住吉明神のお心ではないかと思った――。

＊故院《こいん》／亡くなった父帝《ちちみかど》＝桐壺院

入道の話を良清《よしきよ》から聞いた源氏は、こう思案する。入道と同じ日に見た異形の者の夢といい、父帝《ちちみかど》の夢といい、また現実に起こった天変といい、このところの出来事を考え合わせると、やはり神のお心としか思われない。ならば、明石へ移ろう――。

こうして須磨を立ち退くことにした源氏は、再び書物を詰めた箱と一弦琴《いちげんきん》（須磨琴）ひとつだけを持って、親しい家来の七、八人とともに明石へ移ることとなった。


明石の浦の風光は、かねて聞いていたように美しかった。

元々生まれが良く、また長く播磨国《はりまのくに》の国守《こくしゅ》をしていた入道は蓄えが多く、明石に広大な土地を持っており、海辺にも山手《やまのて》にも広い家を建てていた。入道の妻や娘は、このあいだの暴風雨による高潮（津波）を恐れて山手の家に移っていた。それで海辺のほうの家を、源氏の君の住まいにあてることにした。

明石の入道は痩《や》せ細ってきれいな出家者、すなわち信仰生活をする人で俗気のない様子であるが、一人娘のこととなると、源氏の寵愛《ちょうあい》を受けることばかりを願っていて、その胸中をおりおりもらしたりする。

源氏も、入道の娘はやさしくて気品があり、気位が高いと、かねて噂に聞いていたので興味があった。明石に来ることができたのも前世の因縁があるからかと思い、何かにつけて娘の気立てや暮らしぶりに気持ちが惹かれる。けれども、咎人《とがにん》という立場にあるいま、新たな色恋は慎み、勤行《ごんぎょう》に励もうと決めていた。

入道の娘は、源氏の君を物陰からほのかに見ることができたとき、こんなにも美しい男がこの世にいるのかと息をのみ、取るに足らないわが身の分際を考え、自分などとても及びのつかないお方だと、海辺の家に近づかなかった。

四月になった。源氏が京を退去してから二回目の夏がやってきた。

のどかな初夏の夕月夜――。海辺の家のほうから、松林を吹く風と波の音にまじって深い悲しみの響きがある琴の音《ね》が、山手のほうへ流れてきた。耳を澄ませた入道の娘は、

（あれは……きっと）

京を思い起こし、恋しさが募《つの》った源氏の君が一弦琴を弾《ひ》いているのだと察した。初めて耳にする源氏の弾く琴の音に、娘はむろん、山手の家の若い女たちはみんな、しんみり聞きいった。そのうち琵琶《びわ》や十三弦の琴の音や、歌声も聞こえてきた。入道も

源氏とその家来にまじって、にぎやかに音楽を楽しんでいるようであった。

この夜、入道はあたりが静寂に包まれると、聞かれもしないのに自分の身の上話や、娘が自分より上手に琴を弾く話を源氏にした。また、自分と娘がこれまで十八年、なぜ住吉明神に願《がん》を立ててきたかを話し、自分が先立ったら、つまらぬ男と縁組みなどせず、いっそ海に身投げでもして死んでしまえと申しつけてある、などと打ち明けた。

入道の娘に関心を寄せていた源氏はこういう。「自分は咎人《とがにん》にされていて役に立たず、そんな人間は縁起でもないと、相手にしてもらえないだろうと自信をなくしていました」

すると入道はすかさずいった。

「そんなことはございませんッ」

「では、娘さんに引き合わしてくださるのですね。心細い独《ひと》り寝《ね》の慰《なぐさ》めにもなることですから」

という源氏の言葉を聞いて入道は、

(これで願い事がかなうッ)

と、かぎりなくうれしくなり、すがすがしい気持ちになった。

翌日の昼ごろ——。山手《やまのて》の家にいる娘のところへ、高麗《こま》の胡桃色《くるみいろ》の紙に念入りに書かれた手紙が届けられた。

をちこちも知らぬ雲居にながめわび
かすめし宿の梢《こずえ》をぞとふ
思ふには

（ここかしこも分からず、物思わしく空を眺めています。入道殿がちらりとほのめかされたあなたの家の梢を目ざしてお便りを差し上げます。あなたを恋しく思う気持ちに堪えかねまして）

娘は、源氏の君のあまりに素晴らしい手紙を見て気後《きおく》れがした。また、取るに足らないわが身の分際を考えると、源氏の君とは比較にもならないという思いがおきて、筆を持つ気にならず、気分が悪いからといって床に臥《ふ》してしまい、返事を書こうとしなかった。

入道は、昨夜の源氏の言葉を聞いて、今日にも使いが手紙をもってやってくるだろうと、山手《やまのて》の家にいたのだが、返事を書こうとしない娘に困り果て、仕方なしに自分でこんな返事を源氏へやった。『まことに恐れ多いお手紙をいただきましたが、娘はそのうれしさが身に余るのでしょう。どうすればよいのかわからぬようでございます。あなた様が物思わしく眺めていられるというその同じ空を娘が眺めているのは、娘も同じ思いでいるからでしょう』

これを読んだ源氏は、返事を自分で書かない娘に軽い反感を抱いたが、翌日も手紙をやった。代筆のお返事などもらったことがありません、と遠まわしに非難してから、

いぶせくも心にものをなやむかな
やよやいかにと問ふ人もなみ
言ひがたみ

（胸もふさがる思いで悩んでいます。いかがですかと尋ねてくれる人もいませんので。まだ見ぬあなたに恋しいとも言いがたいので）

という歌を書き記した。その手紙を、娘は素晴らしいと思ったものの、及びもつか

ないわが身の分際を考えると、何もかも無駄だという気がし、悲しみの涙が込みあげてきて今度も返事を書こうとしない。親たちが必死になだめすかし、ようやく筆を持たせると、娘はよい匂いの染《し》み込んだ紫の紙に濃い墨《すみ》や淡い墨の字をまぜて返事をしたためた。

思ふらむ心のほどややよいかに
まだ見ぬ人の聞きかなやまむ

（わたくしを思って下さるというあなたの心の深さのほどは、どの程度なのでしょう。まだわたくしを見たことのない人が、噂だけ聞いて悩むということがあるのでしょうか）

娘の手紙の筆跡の具合や歌の出来栄えなどは、京の身分の高い女にも後《おく》れを取りそうになかった。いかにも考え深く、また自分の品位を誇りに思い、それを保とうとする心の持ち方が高く、貴婦人らしい感じである。

（噂どおりの娘か……）

源氏はいっそう興味をおぼえ、それからというもの二、三日ずつおいて手紙を書き送った。そのつど娘から返事がきた。

手紙のやりとりをしてみると、娘はあくまで謙遜《けんそん》な態度で、恋しい心をどこまでも隠そうとしているように思われた。身分の高い京の女より自尊心が強いようで、軽々しくなびくような態度を見せない。そこが面白いと、源氏はますます娘に心を惹《ひ》かれていく。

娘は、こう思っていた。ただの田舎娘なら、京の貴人の甘い言葉に乗せられて軽々しく契《ちぎ》りを結ぶであろう。わたくしのことも、そのくらいの女としか、源氏の君は見ていないのであろうが、わたくしはそんな女ではない――。

(……軽々しく契りを結べば、のちのち思い悩む種を抱え込むだけ。あの方がここにいる間、心惹かれるお手紙だけでもやりとりできるのであればいい。噂に聞くだけであったあの方を、物陰からではあったが見ることもでき、有名な琴の音《ね》を聞くこともできた。そのうえ人並みにお心にかけていただき、お声もかけていただいたので、もう十分。契りを結ぼうなんて、わたくしは夢にも思っていない)

やがて浜辺から吹く風が身にしみる秋になった。

源氏は、独《ひと》り寝《ね》はつらい思いがするので娘のいる山手《やまのて》の家を訪れたかった。けれども自分から行くのは人目につく恐れがあるので、娘を連れて来るよう入道におりおり働きかけるが、なかなか実現しない。

ある日、源氏は入道にこういう。

「秋のころの波の音に合わせて、娘の弾《ひ》く琴の音を聞きたいものだ。そうでなくてはせっかくの、この季節のかいもない」

入道はついに決心する。こっそり暦《こよみ》で吉日を調べ、また娘の住む山手の家の装飾をまばゆいほどに整えた。そして、十三夜の明るい晩にお出《い》でを待つ、という手紙をしたため、それを使いに持たせて海辺の家にやった。

その日――。人目につかぬようにと夜が更けてから、源氏は腹心の家来であり乳兄弟でもある惟光《これみつ》のほか、一人だけ供を連れて馬に乗り、海辺の家を出た。

山手の家には奥深い様子の庭園があった。その植え込みのなかにすだく秋の虫が、競って鳴いている。馬から下りた源氏は庭園をしばらく歩いてみた。娘のいる家の妻《つま》

戸《ど》が少し押し開けられている。入道の手回しだろう。娘のいる部屋の縁側に上がって声をかけてみる。と、

「はて……どちらさまで」

よそよそしい声が返ってきた。これまでいくども恋しい文《ふみ》のやりとりをしても会おうとしなかった気位の高い娘であるので、貴婦人のように気取って打ち解けないのだろう。そう思い、

（うむ……）

焦《あせ》った源氏は、あなどられているのではないかと思うが、力ずくでするのは本意ではなかった。さりとて女の心を動かすことができずに帰るのはみっともない。そう思って娘にささやくような言葉をかけながら、熱してくる体を縁側から部屋の中へすり寄せる。そのとき、どうした拍子か、近くにある几帳《きちょう》の紐《ひも》が十三弦の琴の緒《お》（弦）に触れて、琴が鳴った。おそらく娘はさっきまでここで、この琴を弾いていたのだろうと、その様子がしのばれてますます体が熱くなり、源氏はこういう。噂に聞いている琴も聞かせて下さらないのですか――。そして、歌を詠《よ》みかけた。

むつごとを語りあはせむ人もがな
憂《う》き世の夢もなかば覚むやと

（閨《ねや》の語らいの相手がほしいのです、つらい世間の夢かと思われる数々のことも、それでいくらかでも慰められようかと思いまして）

すると娘は、

明けぬ夜にやがてまどへる心には
いづれを夢とわきて語らむ

（秋の長い夜の闇の中で迷っている――夢を見続けているような――私には、いずれを夢、いずれを現《うつつ》と、はっきり取り分けて語ることもできません）

と、上品に答えると同時にあわてて立ち上がり、近くの部屋へ逃げ込んだ。何も知らずにいた娘は源氏の君の訪れにとても驚き、戸を固く閉め切った。どう戸締りしたものか、びくともしない。源氏は躊躇《ちゅうちょ》したが、いつまでもためらっているわけにいかない。けっきょく娘は源氏をうけいれ、ゆきつくところまでいった。

娘はすらりとした体つきで、気後《きおく》れさせるような気高い感じがあった。それだけにひとしお愛《いと》しく、秋の夜長もすぐに明けてゆく気がした。

けれども人に知られたくない源氏は、朝にならないうちに海辺の家に戻り、人目を忍んで後朝《きぬぎぬ》の文《ふみ》をやった。

（人目をはばかるなんて……）

と娘は自尊心が傷つけられたようで、すっかりふさぎこんだ。

その後、源氏の君は時々にしか山手《やまのて》の家を訪れて来なかった。恋におちた初めのような情熱的な訪れではなかったので、娘は屈辱《くつじょく》感《かん》にとらわれた。

（きっと、紫《むらさき》の上《うえ》様に気兼ねをなさっているのだろう……）

ああ、やはり物思いの種ができてしまった――。

と、いまこそ海に身を投げてしまいたい気がした。そして、つくづくこう思う。

（あの方と男女の交わりをする前の自分は、いまに比べて苦しみ悩むなどということは、これっぽっちも知らなかった。こんなにも苦しいものなのだろうか……）

そう思いながらも、娘は源氏の君には平静なふうを装い、不快を買うような言動をしなかった。ただ、ますます物思いに沈んでいった。

年が改まり春になった。

京では、眼病の悪化した朱雀帝《すざくてい》が譲位《じようい》のことばかりを考えるようになっていた。

やがて秋になると、一切が急転する。

朱雀帝は母后《ははきさき》（弘徽殿《こきでん》の女御《にようご》）の同意を求めることなく異母弟の源氏を赦免《しやめん》することにし、京へ上って来いという*宣旨《せんじ》を出した。源氏が京を離れて三年目の、七月のことである。

源氏の君の帰京を知らされると、入道の娘は悲しみに打ち沈んだ。このころ源氏はもう海辺の家で独《ひと》り寝《ね》をしている夜がないくらい、ひっきりなしに山手の家を訪れていた。初めて抱かれてからすでに一年が経とうとしており、娘も源氏に体が馴染《なじ》んでいた。それだけに、寵愛《ちようあい》される女だけに見ることのできる、照り映えるような美しさ

*宣旨《せんじ》／天皇の命令を伝える文書

がにじみ出ていた。そのうえ身ごもっていた。この六月あたりから、ただならぬ兆《きざ》しがあった。娘はこう思う。あの春の一夜に抱かれたとき、からだの深奥になにやら異様なものがふれてくる心地がした。あのとき、孕《はら》んだにちがいない——。

源氏も、身ごもった娘を捨て置いて明石を去るのはつらく、別離が近づいてくるとますます娘に惹きつけられた。

仲秋《ちゆうしゆう》の八月になった。

この頃になって、これまで秘密にされていた源氏と入道の娘との関係は人々の知るところとなり、こんなことをいう人がいた。入道の娘は一生、物思いの種《たね》を背負い込んだようなものだ——。

明後日に明石を立つという日、別れを告げる最後の逢瀬《おうせ》を果たそうと、源氏は夕暮れに山手《やまのて》の家を訪れた。いつものようにひどく夜が更《ふ》けてからというのではなかったので、娘は驚いた。

この日、娘は夕暮れの陽のなかで初めて自分の容姿をまじまじ見つめられた気がする。

源氏は娘の優雅な風情や気高い様子をはっきりとではないが、見てとった。やはり身分に似合わぬすぐれた女人《にょにん》とわかり、見捨てがたくなった。しかるべき扱いにして都に迎えようという気持ちになり、こういう。「あなたをいずれ京へ迎えようと心に決めた」

娘は静かにうなずいたが、源氏の君の身分の高さを考えると、つくづく自分の身の程《ほど》が思われて悲しみがきわまった。自分のように取るに足らない身分の女が京へ行って妻の一人として振る舞えるなど、とても思えなかったからだ。

（……）

遠く、塩を焼く煙がかすかにたなびいている。何もかもがもの悲しい明石の浦の夕景である。源氏は歌を詠《よ》んだ。

このたびは立ち別るとも藻塩《もしお》焼く
煙は同じかたになびかむ

（このたびは別れ別れになっても、藻塩を焼く煙がどれも同じ方向へたなびくように、やがてまた同じ京になびき、一緒になるでしょう）

娘は、

かきつめて海士《あま》のたく藻の思ひにも
今はかひなきうらみだにせじ

（海人が藻を集めて焚《た》く火のように私の胸の思いはいっぱいに燃えていますが、及ばぬ身の上ではどうしようもないゆえ、お恨みもしますまい）

と切なげに返し、しみじみ泣いた。源氏は別れを惜《お》しんでこういう。

「あなたはわたくしの聞きたいと思っていた琴を一度も聞かせてくれませんでしたね」

娘は下を向いたままうなずいた。

「ではわたくしも弾《ひ》くので、あなたも弾いてわたくしに聞かせてください」

二人の思い出にしよう――。そういって、源氏は京から持ってきた一弦琴《いちげんきん》を取りに海辺の家へ使いをやった。

最初に源氏が弾いた。そのあと入道が十三弦の琴を几帳《きちょう》の中へ差し入れると、娘が弾いた。

（むむ、これほどとは……）

源氏は娘の弾く琴の音の美しさに驚く。優れた弾琴手《ひきて》であった。深い感動を覚えた源氏は熱情をこめていう。

「この琴は、またお会いして一緒に弾く日まで形見としてここに残していきましょう」

するど娘はこう口ずさんだ。

なほざりに頼め置くめる一ことを
　尽きせぬ音にやかけてしのばむ
（あなたは軽い気持ちでおっしゃるのでしょうが、私はそのひとことを当てにして、ずっと泣きながらそのお言葉を思い出すのでしょうか）

源氏は娘の歌に不満を覚え、

逢ふまでのかたみに契《ちぎ》る中の緒《お》の
調べはことに変らざらなむ

（再び逢うまでの形見にと約束して置いていく琴の中の緒の調子――二人の仲の愛――は、格別変わることなくあってほしい。〈注〉契る中は、契る仲にかけてある）

と返して、「琴の弦の調子が狂わないうちに必ず逢おう」と約束する。けれども、目の前に迫っている別れが、ただただつらい娘はすすり泣くばかりであった。

出立《しゅったつ》の日の朝がやってきた。

まんじりともしないで夜を明かした入道の娘は、海辺の家のほうがざわついているのに気づき、迎えの人たちが大勢きているのだろうと、物思いに沈んだ。そこへ源氏の君の使いが、こんな文《ふみ》を持ってやってきた。

うち捨てて立つも悲しき浦波の
なごりいかにと思ひやるかな
（あなたをこの浦にうち捨て去っていくわたしの心も悲しくてならないが、去ったあと、あなたがどんなに嘆くかと思いやられます）

すると娘はこう返した。

年経つる苫屋《とまや》も荒れて憂《う》き波の
帰るかたにや身をたぐへまし
（あなたがいなくなれば長年住みなれたこの苫屋も荒れ果てて、つらい悲しい思いをするでしょう。あなたがお帰りになる海の沖のほうに身を投げてしまいたい）

これを読んだ源氏はほろほろ涙をこぼした。
この日のために娘は源氏の君の旅装束《たびしょうぞく》を泣き泣き縫《ぬ》い上げ、餞別《せんべつ》として用意していた。
源氏は目立たぬように愛用の狩衣《かりぎぬ》を着て出立するつもりであったが、その狩衣に歌が書かれてあるのを見つけた。

寄る波に立ちかさねたる旅衣《たびごろも》
しほどけしとや人のいとはむ
（縫い重ねてご用意した旅の装束は、わたくしの悲しみの涙にしとどに濡れているとお厭でしょうか）

源氏は取り込みの最中であったが、娘に返事をやった。

かたみにぞ換ふべかりける逢ふことの
日数隔てむ中の衣を
（互いの衣を形見として交換しましょう。また逢うまでに多くの日数を隔てる仲なのですから。〈注〉中の衣は、私たちの間柄という意味の「仲」

をかけてある）

源氏は娘が縫《ぬ》ってくれた旅装束《たびしょうぞく》に着替え、いままで着ていた愛用の狩衣を娘のところへやった。娘は、源氏の匂いが染み込んだ狩衣をかき抱き、その場にくずおれた。

源氏が明石の浦を立ち去ったのは秋風が吹きそめるころでもあり、娘はいっそう悲しみに打ち沈んだ。来る日も来る日も、人知れず涙を流していた。その間にもお腹の子は日ましに育っていた。

明くる年の二月、朱雀帝《すざくてい》は譲位し、まだ幼い春宮《とうぐう》（源氏と藤壺《ふじつぼ》の宮《みや》の子＝のちの冷泉院《れいぜいいん》）が即位した。新しい帝《みかど》はまだ十一歳で、源氏に瓜二つの美しい顔をしている。

この年、二十八歳になる源氏は内大臣に、また左大臣（葵《あおい》の上《うえ》の父）が摂政《せっしょう》・太政大臣《だじょうだいじん》に任じられ、源氏一門が右大臣家に替わって政権を握ることとなった。

京へ戻ってからというもの源氏は公務に気をとられ、明石へ使いを出すことができないでいたが、三月の初めごろには出産があるはずだと人知れず心配していた。こっそり家来を使いに出してみると、明石の娘は三月十六日に女の子を無事に出産したことがわかった（以後、明石の入道の娘は明石の上と呼ぶことにする）。

（姫か……ッ）

源氏の顔に喜びの色があふれる。女の子を持つのは初めてのことであった。姫は神秘的なまでに美しく、何にもたとえようがないという。

源氏はかつて占いで、「御子《みこ》は三人誕生し、一人は帝《みかど》、一人は妃《きさき》、あとの一人は太政大臣になりましょう」と判断されたことがあり、それが一つ一つ適《かな》うように思われた。妃になるやもしれぬ姫を大事にしようと、さっそく宮内卿《くないきょう》宰相《さいしょう》の若い娘を乳母《めのと》として雇い、親しい家来一人をつけて明石へ送り出した。

明石の上は、京へ戻った源氏から一度きり便りをもらっただけで、その後は絶えていたこともあって、ずっと物思いに沈んでいた。また、出産で身も心も弱り、すっかり生きる気力を失っていた。そんなとき、源氏が姫のためにと京から乳母や、姫の守り刀など入用の品々を寄越してくれたので、いくぶん心が慰《なぐさ》められた。

源氏の文《ふみ》には、占いによれば姫はいずれ貴い身分におさまる方であるから心して大切に育てるように、とあった。それで、

ひとりして撫づるは袖《そで》のほどなきに
　覆《おお》ふばかりの蔭をしぞ待つ

（わたくし一人で姫君をお育てするのは、わたくしの袖が狭すぎて力及びませんので、十分に覆うことのできるあなたの大きな庇護《ひご》をお待ちいたしております）

と、心のうちをほんのわずか書き綴《つづ》って、京へ帰る使いに持たせた。

明石の上から届いた文を読んだ源氏は、紫《むらさき》の上《うえ》にこういう。「明石の娘が子を産んだそうだが、うれしいことではないと、わたくしは思っている。あなたにはできないで、あの人にできたのだから」

（まあ、心にもないことを……）

いつも調子のいいことをおっしゃる――。そう、紫の上は思う。源氏はさらにいう。

「わたくしは知らぬ顔をしていてもいいのですが、そんな薄情なこともできません。そのうち京へ連れて来させて、あなたに見せますから、憎まないでやってください」

（なんですって……）

紫の上は少し色をなし、恨《うら》むような眼差しを源氏に向けてこういう。

「憎むだろうとあなたにいつも思われるようなわたくしだと思うと、自分で自分の性分がイヤになります。人を憎むということはいつ覚えるものでございましょう」

そうこうしているうち、五月になった。

源氏は人知れず日数を数え、五月五日は明石の姫の生後五十日の祝いの日、「五十日《いか》の祝《いわ》い」になると、母子に思いをつのらせた。さっそく祝いの品などを取り揃《そろ》え、明石へ使いを差し向けた。

（まあ……）

と、明石の上は五十日の祝いの品が届くと、源氏の心遣いに恐縮し、自分のような女が今日まで忘れられないでいるのは幸せだと思い、こんな返事を書き送った。

数ならぬみ島がくれに鳴く鶴を
けふもいかにととふ人ぞなき

（とるに足らないような身の上のわたくしのもとで育つ姫を、五十日《いか》の祝《いわ》

いの今日も、どうしているかと訪ねてくれる人はあなたのほかにいませ
ん)

こういうたまさかの、あなたのお見舞いのお手紙を力に生きておりますわたくしの命も、いつまでのことかと心細く思われますが、姫の将来が安心できてから死にたいものです――。

その文《ふみ》を繰り返し見ながら源氏は、

「ああ……」

と、小さな溜《た》め息《いき》をもらす。その溜め息に気づいて紫の上が寂しそうにこういう。

「同じ家にいっしょに住んでいながら、一人の人が今どんなことを思っているのか分からないぐらい、つまらないものはないでしょうね」

その年の秋、九月のこと――。

源氏は大勢の従者《じゆうしや》を引き連れて大坂の住吉神社へ詣でた。須磨・明石にいたころに

立てた願《がん》がかなったので、*願解《がんほど》きをするためである。

くしくも同じ日、明石の上も船で住吉へ着いた。毎年、春と秋に参詣《さんけい》するならわしだったが、妊娠や出産があったため、去年の秋と今年の春は参詣しなかった。そのお詫《わ》びもかねて晩秋のこの日、お参りを思い立ったのである。

住吉に着いた船の上から住吉神社のほうを見やると、大勢の楽師《がくし》を引き連れた一団が目に入った。随伴《ずいはん》する者たちは皆、目の覚めるような立派な装束姿《しょうぞくすがた》である。

（はて……）

どなたが参詣なさるのかしら――。そう思っていると、先に船を降りた下男が一団の供の者らしい一人に尋ねているようで、相手は、源氏の内大臣の住吉参りだ、知らなかったのかと、笑っている様子。

（なんと、あのお方が……）

よく見れば、明石で見かけたことのある人たちが皆、華やかな装束を小ぎれいに着こなし、何の屈託《くったく》もなさそうに歩いている。

源氏の乗った車の後ろからは若君《わかぎみ》（夕霧《ゆうぎり》＝源氏と葵《あおい》の上《うえ》との子）の車も来る。おびただしい数の従者がかしずいている。まるで源氏の一行は雲の上の人たちのように見える。それに引き比べると、自分と娘はみすぼらしい有り様で暮らしているように思えて明石の上は悲しくなってきた。

（よりによってこんな日に来合わせるなんて……）

前世でどんな深い罪がわたくしにあったというのかと、ますます悲しくなり、今日は参詣をよそうと陸へは上がらず、祓《はら》えだけして*難波《なにわ》に引き返した。

そんなことは夢にも知らない源氏は、家来の惟光《これみつ》から、住吉に来ていた前《さき》の播磨守《はりまのかみ》の船が難波へ引き返したことを教えられた。

それを聞いた源氏は、引き返していった船の中の明石の上の胸中を察し、つらい思いをしていることだろう、慰めてやろうと、こんな歌を書いて惟光に渡した。

みをつくし恋ふるしるしにここまでも
めぐり逢ひける縁《えにし》は深しな

（身を尽くして恋い慕《した》う証拠に、ここ難波に来てまでめぐり合うとは前世

＊願解《がんほど》き／お礼参り　＊難波《なにわ》／大阪市およびその一帯

からの宿縁が深いのですね）

惟光《これみつ》はすぐこの歌を使いに持たせ、明石の上が乗る船へやった。歌を受け取って読んだ明石の上はつくづくもったいなく思い、涙を流した。ようやく筆をとると、返歌をしたためて、その使いに持たせた。

数ならでなにはのこともかひなきに
などみをつくし思ひそめけむ
（とるに足らない分際のわたくしは何をしても無駄であると諦めていますのに、なぜ身を尽くし、あなたのような方をお慕いすることになったのでしょう）

翌日、明石の上は住吉神社へ参詣して供物《くもつ》を奉納し、願《がん》を立てて明石の浦へ戻った。戻って日数の経《た》たないうちに源氏から使いが来て、近いうちに母娘を京に迎えたいという便りを受け取った。その後も始終、源氏から便りが来た。いつの文《ふみ》にも、御殿を用意したので必ず京へ出てくるようにと書かれてあった。

御殿とは、二条の院の東隣りにある家を修繕して造った「東の院」という建物の、東の＊対屋《たいのや》のことであった。東の院というのは、源氏が契《ちぎ》りを結んだ女たちを集めて住まわせるために造られた建物である。

明石の上は、自分が元地方長官の娘という身の程の低さを考えると、とても京へ出て御殿に入る気にはなれなかった。やんごとなき女の人でさえ源氏の深い寵愛《ちようあい》を受けることができず、だからといって見捨てられてしまうわけでもないという、とてもつらい立場になって苦労していることを耳にしている。そんな中へ身をおいて、どれほど寵愛を受けられるものかと、自信がなかった。

（あのお方は……わたくしを）

明石での心の慰めにほしいと望んだにすぎない――。

（だから京に出て行けば姫の＊顔汚《かおよご》しになり、また取るに足りない身分だからこそ、あの方がたまに部屋に立ち寄る折を待つだけのこととなり、やんごとなき女の人たちの

＊対屋《たいのや》／別棟で建てた建物　＊顔汚《かおよご》し／恥になること。名誉まで傷つけること

笑いものになるようなきまりの悪いことが多いことだろう……）

けれども産んだ子の養育ということを考えれば、源氏の君の子である姫が人並みの扱いを受けないのはいたわしい――。それゆえ、上京をきっぱり断わるわけにもいかないと、ひとり思い悩んでいた。

両親は、源氏と縁続きになったからといってにわかに京へ出ていくのは恥ずかしいし、落ちつかないと思い、どうしたものかと嘆いていた。

あるとき入道は、妻の曽祖父の別荘が嵯峨《さが》の大堰川《おおいがわ》（大井川）のほとりにあるのを思い出した。別荘の相続人はすでに死に絶え、そこは妻の所有になっていたが、放置したままであった。

（そうか……）

ひとまず嵯峨の大堰川のほとりの家へ住んでみたらどうか――。そう、両親は思い至る。そこで入道の妻が別荘守りの男を呼び寄せ、別荘を修繕して一家が使えるようにしてほしいと頼み込んだ。すると別荘守りから意外なことを聞かされた。この春ごろから源氏が大覚寺の南のほうに嵯峨野の御堂《みどう》を造らせているという。

（なんだってッ）

ならば、なおさら都合がよいではないか——。

こうして一家は明石を出て嵯峨の山里、大堰川のほとりの家へ移り住む段取りをつけたのだった。

大堰川のほとりの家の修繕をおえると、明石の入道は源氏へ、こんなところがありましたのでそこへ移るつもりでおりますと、手紙をやった。源氏は手紙を読んで合点し、その家の室内の装飾などの手配を家来の惟光《これみつ》に命じた。すべてが整うと、人目につかぬよう明石へ迎えの者をやった。

一家は目立たぬよう船で嵯峨へ移ることとなったが、入道は明石に止《とど》まることになった。

その日、朝霧のなか、船は*辰《たつ》の時《とき》に明石の浦を出た。順風で予定通りの時刻に京・山崎へ着いた。そこから陸路をとって、やはり目立たぬように嵯峨の大堰川のほとりにある家に向かった。

*辰《たつ》の時《とき》／午前七時から九時までの間

（まあ……）

明石の上は風情のある家の造りを気に入った。周囲の景色は明石の海辺によく似ていたので所替えをしたような気がせず、昔のことが思い出され、しんみりした。

それだけに源氏の訪れが待ち遠しかった。今日か明日かと待っているのだが、いっこうに訪れてこない。遠くの明石にいて逢うことができなかったときより、近くの嵯峨にいて逢えないのはいっそうつらかった。

（……きっと）

紫の上様に気がねしているのだろう――。そう、明石の上は思う。紫の上に対する源氏の心の深さは格別なものだと、もう肌で感じとっている明石の上は、日が経《た》つうちに捨て置いてきた故郷が恋しくなった。所在ないので源氏が形見として置いていった琴を取り出しては弾き、源氏の訪れを待った。

明石の上が大堰《おおい》川《がわ》の家に入ってすでに二十日が経とうとしている。源氏はあまりの逢いたさに、人目をはばかっていられなくなった。

（どんなことが起きようとかまわない……）

と、訪れる決心をして紫の上にこういう。「桂村《かつらむら》に建てさせた別荘（桂の院）へいって、あれこれ指図しなければならないし、訪ねる約束をした人もその側《そば》にいるので訪ねたい。また嵯峨野の御堂《みどう》のほうへも廻ったりするので、二、三日はかかるかもしれません」

これを聞いて紫の上は、

「きっと帰ることなんかお忘れになって、長くいってらっしゃることでしょうから」

どんなにか、わたくしは待ち遠しく思うことでしょうね――。そう、いった。

そうこうしているうち外出するのが遅れ、この日、源氏が明石の上の家に着いたのはもう夕暮れであった。

（まあ……）

三年ぶりに見る源氏は、明石にいたころの装いとちがって念入りに身なりを整えていた。華やかな装束姿の源氏はいっそう優美に見える。その顔に見つめられたとたん、なつかしさがまさって喜びが込み上げてきた。悲しみに閉ざされていた胸の暗さが晴れて、明石の夜がよみがえってくる。忘れることのなかった源氏の匂いが直《じか》に感じられた。

（ああ……）

明石の上はその場にくずおれそうになる。

そのとき、乳母《めのと》が小さい姫を連れて出てきた。はっと我に返って明石の上は姫を引き寄せると、源氏の前に立たせた。この年、数えで三歳になる姫は恥ずかしさと怯《おび》えからか、側に控《ひか》える乳母の胸元に顔を埋《うず》めてしまう。そして、おもむろに振り返って不思議そうに源氏の顔を見上げ、つぶらな瞳でまじまじ見つめる。その幼い顔に、燭《しょく》台《だい》の灯りがほのかにさす。

（なんと美しい……）

源氏はあどけない姫の美しさに息をのんだ。

「この姫が、わたくしとあなたの子か」

そういって、あらためて小さい姫の顔を覗《のぞ》き込む。

（こんな見目うるわしい娘を、今までわたくしは見ないでいたのか――）

源氏は胸を打たれ、涙をこぼした。明石の上はそんな源氏の姿を見て、これまでのすべての苦しみが償われる思いがした。源氏はやさしくいう。

「ここは遠すぎて、来ようと思っても大がかりなことになってすぐに来られない。だから、あなたのためにこしらえた東の院の御殿のほうへ移ってはどうですか」

束の間、明石の上は考えるふうを見せてから、

「まだ都に馴《な》れませんので、もうしばらくしてから」

そういい、うつむいた。

その夜――。源氏は褥《しとね》に臥《ふ》した明石の上の耳元で、こんなことを囁《ささや》く。

「別れていた歳月のつらさを一夜で取り除いてあげよう……」

「しばらく逢わないうちに、女のいちばん美しい、盛りの年ごろになったね」

明石の上は恥ずかしくて火のように全身が燃えだすのがわかる。火照《ほて》り出した体は、心とともに源氏にやさしくほどかれてゆく――。

二人はこれまで辛抱していた思いをいっきにぶつけあうかのように激しく求めあい、またたく間に朝を迎えていた。

翌日――。

源氏は桂の院に出かけたり、嵯峨野の御堂《みどう》に参詣《さんけい》したりしてから、月明かりの下を

明石の上のいる大堰川《おおいがわ》の家へ戻ってきた。

この夜は、秋のいい月夜であった。明石の上は、かつて別れの晩に源氏が奏でた形見の一弦琴《いちげんきん》を取り出し、黙って差し出した。

月を眺めていた源氏も明石での一夜を思い出していたのだろう、琴に向かうと高ぶった調子で掻き鳴らす。あの日の夜、琴の弦の調子が変わらないうちにきっとまた逢おうと約束したのは嘘ではなかったでしょう——。そういいたげに、琴を掻き鳴らすと、源氏は歌を詠《よ》んだ。

契《ちぎ》りしにかはらぬ琴の調《しらべ》にて
絶えぬ心のほどは知りきや
(あの夜に約束した通りに今も変わらない琴の音《ね》でしょう、これでわたくしの変わらぬ心のほどが分かったでしょうか)

明石の上は、

かはらじと契りしことを頼みにて
　松の響きに音を添へしかな
（心変わりはしないとあなたは約束してくれましたから、わたくしはその言葉を頼りに、寂しいときは琴を掻き鳴らし、松風の響きに音を添えておりました）

と返し、二人はこの夜も激しく求めあった。一睡もできなかった。明石の上は気の遠くなる思いをいくどもし、我を忘れた。源氏は睦言《むつごと》を交わすたびにこんなことをいった。ああ、いつまでもこうしていたい。もっと近くにいてくれなければ、わたくしは焦《こ》がれ死んでしまう――。

明石の上はこう思う。
（逢えば甘い言葉をささやき、離れると何年でもそのままにする。そういうお方だとわかっているのに……）

翌朝、源氏はすぐに京へ帰るはずであったが、源氏を追って京から多くの客が来ているというので、再び桂の院に出向くことになった。

源氏は桂の院で一日中、客たちと遊ぶらしい。それを知って明石の上は、

（そんな暇があるのなら、せめてもう一夜、ここにお泊りになって下さればいいのに）

どうしてそうして下さらないのか——。と、悲しみに打ち沈んだ。また、三年ぶりの逢瀬《おうせ》に心と体が乱れてしまい、明石の上は臥《ふ》してしまった。そのため桂の院へ戻るという源氏の見送りに出ていけなかった。見送りに出たのは小さい姫を抱いた乳母《めのと》である。源氏はいとしそうに姫を撫《な》でてこうぼやいた。「なぜ、母君は別れを惜しんでくれないのだろう。人心地もつかないよ」

それを聞いた乳母は奥へ下がり、明石の上に源氏の言葉を伝えた。明石の上はすぐにも起き上がれないでいたのだが、乳母に勧められてしぶしぶ見送りに出た。

（むむ……）

臥《ふ》していたとはいえ、女盛りの明石の上の美しさはまことになまめかしく、風情《ふぜい》があった。そのしなやかな身のこなしは皇女といっても不足はなかった。源氏は後ろ髪《うしろがみ》を引かれる思いで桂の院へ戻っていった。

その夜、だいぶ更《ふ》けてから明石の上の家に桂の院から使いがやって来た。それによると、内裏《だいり》から源氏の様子を聞くため勅使《ちょくし》（天皇の使者）がやって来たが、勅使に贈る引き出物を用意していなかったので、何か土産《みやげ》になるような品物があったら貸してほしいということであった。そんな内輪の頼みごとをしてくる源氏に、明石の上は心がうきうきし、楽しい気持ちになった。まるで妻になったような気がした。いそいそと衣櫃《ころもびつ》二つにたくさんの衣裳を詰め、使いに渡した。

翌日の朝――。はるか遠くに桂の院を引き上げていく人馬のどよめきが聞こえ、

（あの方は帰ってしまう……まだ、後朝《きぬぎぬ》の文《ふみ》さえ下さらないのに）

と、明石の上はひとり寂しさを噛みしめていた。

その後、源氏の来訪はぱったり途絶えた。

紫の上は、源氏の外泊が予定より長引いたので機嫌を悪くしていた。帰ってきた源氏から言い訳を聞かされるが、機嫌の悪さは直らない。けれども源氏は気づかぬふりをする。

その夜、源氏は紫の上にこう打ち明ける。「じつは、可愛い娘もできましたので

会ってきました。よくよく縁《えん》があったのだろうと思います。さりとて、おおっぴらにするのもはばかられるし、どうしたらいいのか困っています」

どうしたらいいでしょうか……。あなたがここで育てて下さらないでしょうか——。

源氏は紫の上が小さい子どもを無性に可愛がる気性であることを知っている。

（……）

無言でいる紫の上に、源氏はさらにこういう。「ちょうど蛭《ひる》の児《こ》の齢《よわい》三歳になっているのですが、非の打ち所なく可愛らしいのも放っておけない気がします。*袴着《はかまぎ》も何とかしてやりたい。お腹立ちでなかったら、娘の袴《はかま》の腰紐《こしひも》を結んでやって下さいませんか」

すると、紫の上はようやく口を開いた。

「嫉妬《しっと》しているなどと、いつも心外なふうに邪推《じゃすい》するあなたに、わたくしも気づかぬふりをして、すねても見せるのですよ。まだ小さい姫君ですが、きっとわたくしをお気に召すことでしょう」

こうして明石の上の娘は、紫の上の養女として引き取られることとなった。

その後、源氏はようやく月に二度ばかり、嵯峨野《さがの》の御堂《みどう》の念仏にかこつけて十五日ごとに明石の上を訪れるようになる。

　年に一度の七夕の逢瀬よりはまだましなので、これ以上は望めないと、明石の上は思うが、その日の逢瀬を待ちつづける毎日はかつて味わったことのない寂しい物思いをともなった。ときには気も狂わんばかりに悩ましい気持ちになって悲しくなる。悲しみは強さを生む。明石の上はこう思う。あなたには、妻にもしなければ見捨てもしない女の人が多くいる。また、私より恋しい人がいるのも、もとより承知――。

（でもね、その人たちが持っている真心以上にあなたを想う気持ちがわたくしにはある）

＊袴着《はかまぎ》／幼児の成長を祝い、初めて袴を着せる儀式。三歳から七歳の間に吉日を選んで行なう

■解説――明石の上と光源氏

身分違いの恋に苦しんだ末に得た幸せな結末

源氏の君は、尚侍《ないしのかみ》（帝《みかど》の日常生活に奉仕する役所の長官＝朧月夜《おぼろづきよ》）を寝取ったという咎《とが》（罪）で、朝廷から官位を剥奪《はくだつ》されました。

けれども、尚侍というのは公的な官職なのです。帝の寝所《しんじょ》に仕えて必ず帝の寝《ね》起《お》きに奉仕しなければならない御息所《みやすどころ》（女御《にょうご》あるいは更衣《こうい》など）の職分とはちがいます。

ですから、官位剥奪という朝廷の処置を誰も正当とは思っていないのですが、沈黙しました。源氏の政敵、国母《こくも》（大后《おおきさき》）である弘徽殿《こきでん》の女御《にょうご》などから迫害を受けるのを恐れたからです。

源氏も、流罪《るざい》になる恐れがあったので、みずから隠退するのですが、隠退先で出会ったのが明石の上でした。

明石の上は、田舎で育ったとは思えないほど立ち居振る舞いが上品で、教養もあり、すこぶる気位が高い女性ですが、物事の是非・道理をわきまえていました。

彼女は自分のような取るに足らない身分の田舎娘を、貴公子たる源氏が本気で相手にするなど思っていません。一夜の慰《なぐさ》みものにされるぐらいにしか思わず、なかなかなびきません。そんな彼女に源氏は惹《ひ》かれてゆき、そのうち彼女も体を許してしまいます。

けれども本気になればなるほど、源氏の心が深く向いているのは紫の上であることを肌で感じ取ります。

また、明石の上は身分の隔《へだ》たりにずっと苦しみます。

源氏が咎《とが》を許されて都へ戻ると、ぱったり便りが途絶えますが、彼女は自分の身分をわきまえていましたので、こうなる運命ははじめからわかっていたことだと、ひとり耐えます。そして源氏のたわむれがお腹《なか》に宿した生命を、源氏を当てにせず育てていこうと決心します。

ですが、源氏は明石の上を忘れてはいませんでした。源氏を追うように嵯峨の大堰川《おおいがわ》のほとりの家に移ってきた明石の上を、桂《かつら》の院の用事にかこつけて訪れ、三歳になった娘とも対面します。ここで二夜を過ごし、心と体をほぐされた明石の上は、燃え上がった源氏に二条の院の東隣りの院に住むよう口説かれます。

しかし、明石の上には高貴な身分の女たちの中に入っていく自信がなく、承知しません。そのため源氏は三歳になる娘だけを二条の院に引きとり、紫の上に養育させることにします。

明石の上にとって、娘を手放すのはつらく苦しい決断でした。けれども取るに足らない身分である自分の許《もと》にいるより、身分の高い紫の上に養育されたほうが、娘の前途は有望と考え、決心するのです。

四年後、六条の院が完成すると、明石の上はそこへ移り住みます。それからまた四年後、紫の上に養育されて美しく成長した娘（明石の姫君）は十一歳となり、皇太子の宮殿に入内《じゅだい》することがきまります。

入内の当日、三十一歳の養母・紫の上が付き添いますが、途中から三十歳の生母・明石の上が後見役として交代します。このとき二人は初めて顔を合わせるのです。

明石の上は美しく成長した娘を見て涙を流し、ここまで育ててくれた紫の上の苦労を思い、心から謝意をあらわします。

また、紫の上は明石の上にこう感じ入ります。源氏の君に寵愛されるに足るお人だ――。

この日、参集していた後宮《こうきゅう》の女官たちが、三人のあでやかな容姿に息を呑んだのはいうまでもありません。

その後、明石の姫君は皇子《みこ》を産み、のちに明石の中宮《ちゅうぐう》（皇后）となります。ずっと身分の隔《へだ》たりに苦しんできた明石の上は、最後に皇后の実母という身分を得るのです。源氏に寵愛された多くの女性たちのなかでも、恵まれた生涯《しょうがい》であったと思われます。

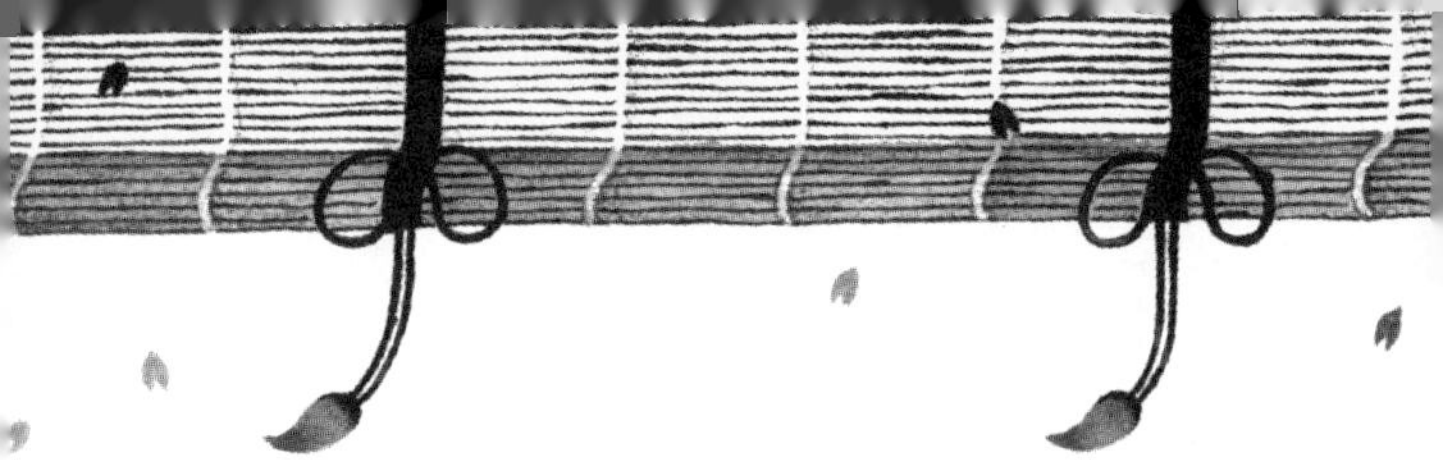

紫《むらさき》の上《うえ》

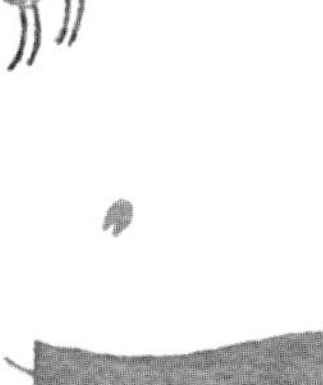

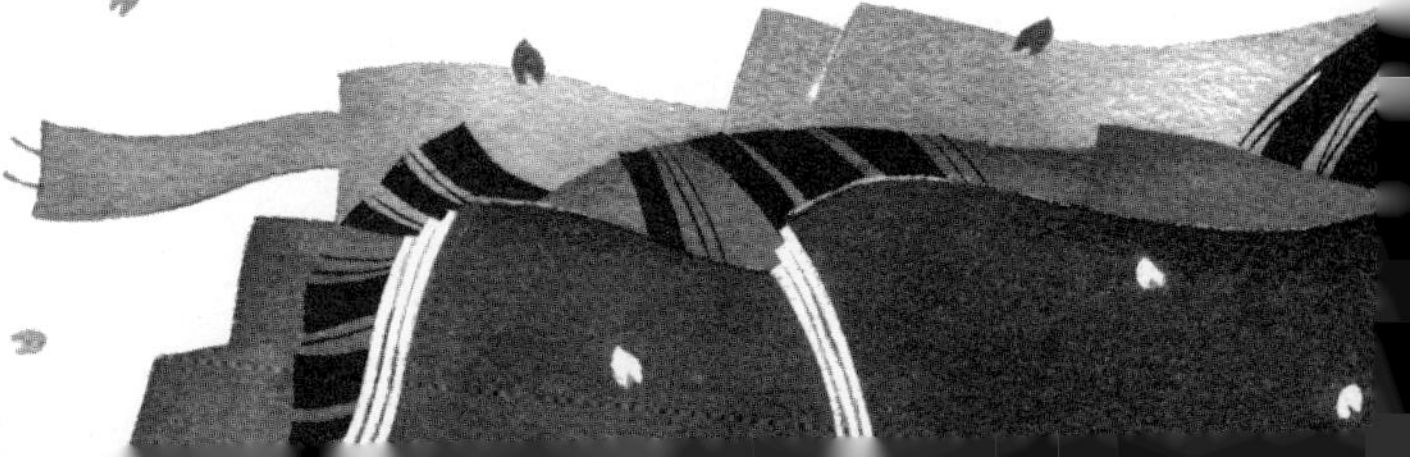

六条《ろくじよう》の院《いん》とよばれる広大な邸宅で多くの女人《によにん》たちに傅《かしず》かれ、栄華を誇っている源氏は数え四十の賀《が》を迎えた。去年《こぞ》の秋には準太上天皇《じゆんだいじようてんのう》の位をえて、まさに位人臣《くらいじんしん》をきわめた。

嫡男《ちやくなん》の夕霧《ゆうぎり》（葵《あおい》の上《うえ》との子）は、いまでは源氏の右腕として政《まつりごと》に辣腕《らつわん》をふるう中納言《ちゆうなごん》であり、また明石《あかし》の上《うえ》が産んだ娘は入内《じゆだい》をはたし、後宮《こうきゆう》で威勢を示している。

幼い頃に拾われるようにして源氏の手元におかれ、育てられた紫《むらさき》の上《うえ》は、身の幸運に心驕《おご》ることも高ぶることもなく、源氏の寵愛《ちようあい》と信頼をえて六条の院の采配《さいはい》を一手ににぎる成熟した女性になっていた。

だが祝賀の席上、いつもおだやかな紫の上は、その表情にかつて他人前《ひとまえ》では見せたことのないせつなさを浮かべていた。

というのも、あくる二月に源氏が正妻を娶《めと》ることになっていたからだ。

発端は去年の暮れのことだった。源氏の異母兄にあたる先帝《せんてい》の朱雀院《すざくいん》が、

「夕霧の大将《だいしよう》がひとり身の頃に、ぜひにとお願いすればよかったのだが、もはや正妻を迎えている」

それゆえ、娘をまかせられるのはあなたしかいない。なんとか娘を頼む。身分からいっても、妻として不足はないのでは――。

と、自分の十四歳になる娘、女三《おんなさん》の宮《みや》を源氏の妻にしてほしいと申し入れてきた。念願の出家をはたすことになった朱雀院は、あとにのこされる姫宮《ひめみや》（皇女）の身のふり方を慮《おもんぱか》ったのである。

源氏は悩んだ。姫宮を迎えれば、正妻にすえるしかない。それでは紫の上の立場がなくなる。だが、異母兄の朱雀院の申し出を断るのは気が引ける……。

けっきょく承諾の返事をした源氏は、紫の上に不承不承という顔で、こう報告した。

「夕霧のほうが年格好も似合いなのだが、あれでは駄目だという思《おぼ》し召《め》しでね。若くて頼りにならないということらしい。まあ、後《うし》ろ見役《みやく》ということでお受けしたよ」

（……）

紫の上にはわかっていた。朱雀院への義理だてなどではない。女三の宮はなによりもまだ若く、美貌《びぼう》が謳《うた》われる内親王《ないしんのう》だ。源氏の血が騒いだのにちがいない。その目には、明らかに新しい女への期待の色が見てとれる。

（この六条の院に、十四歳の姫宮を……）

紫の上は、源氏の色好みをとうに知っている。これまでは、どこぞの女人《によにん》のもとに通おうが、だれそれの話をしようが、軽い嫉妬《しっと》に似た感情をおぼえることはあっても、鷹揚《おうよう》に笑って受けながし、源氏をもてなすことができた。物思いに心を痛めることはなかった。

明石《あかし》の娘が女御子《おんなみこ》をもうけたと知ったときには、子どものできない紫の上は心を乱し、深い物思いにしずんだが、源氏は三歳になる娘を母親から引きはなし、その養育を子ども好きの紫の上にまかせた。そのため紫の上は、源氏が自分を信頼し、自分になにを求めているかを察して、気持ちに折あいがつけられた。

だが、このたび女三《おんなさん》の宮《みや》を正妻に迎えると聞いてから、ずっと深い物思いにとらわれ、胸の内をもてあましながら新年を迎えていた。

二月十日すぎの雪のちらつく朝、女三の宮の降嫁《こうか》が華々しく行なわれた。

輿入《こしい》れの儀式は、内親王《ないしんのう》が準太上天皇《じゅんだいじょうてんのう》のもとに嫁《とつ》ぐということで、宮中に入内《じゅだい》するのと同様の盛大さであった。美しく飾りたてられた御車《みくるま》の左右に、十数名の上達部《かんだちめ》が、そろいの黒の束帯姿《そくたいすがた》でつきしたがっている。

その鮮やかなばかりの行列が六条の院に到着すると、源氏みずからが迎えに立ち、女三の宮を車から降ろした。本来なら、源氏ほどの貴人がみずからすることではない。内親王という位《くらい》高き女性への礼儀として、あえて行なったのだった。

女三の宮は檜扇《ひおうぎ》に顔を隠し、差しだされた源氏の手にみずからの手をそっとのせ、恥ずかしげに車から降りてきた。

源氏は、女三の宮の華奢《きゃしゃ》な白い手、やわらかでいて弾力に富む、若鮎《わかあゆ》のような手応えに、密《ひそ》かに今宵の閨事《ねやごと》を期待した。

その日の夜、源氏は内親王への配慮のためか、華麗な衣裳に身をつつんで女三の宮の寝所《しんじょ》へわたった。

作法では、三日間は欠かさず女のもとに通い、床《とこ》をともにする。そして、一番鶏《いちばんどり》が鳴いたあと、空が明け染める頃に帰るのがならわしである。

三日目の夜がきた。

けれども源氏はなかなか御座所《おましどころ》から腰をあげようとしなかった。じつは二日目の夜もそうだった。紫の上の機嫌をうかがうかのように、日がな一日かたわらに寄りそっていた。そのため見かねた周囲が急《せ》きたてて、ようやく女三の宮のもとへわたらせたのだった。

紫の上は一夜目の明け方、女三《おんなさん》の宮《みや》の寝所から戻ってきた源氏から、閨事《ねやごと》の不興を聞いていた。女三の宮は人形のように横たわっているだけで反応に乏しく、期待を裏切られたようだった。源氏は幼い女三の宮の安らかな寝息を聞きながら、

（これではとても、*三日夜餅《みかよのもちい》もおいしく食せまい……）

と、夜の明けるのをじりじりしながら待っていたという。

（この方は、わたくしにお気をつかっているのだろうか……いやいや）

期待どおりの女だったら、毎夜うきうきと出かけ、自分に誓った千の誓いも反故《ほご》にして入れこむことだろう。

（そういうお方なのだ……）

紫の上は、三日目のこの夜も、女三の宮の寝所へわたる源氏に落ち度がないよう、その準備をてきぱき女房たちに指図していた。源氏の衣裳に念入りに香を薫《た》きしめさせることも忘れない。源氏へのふるまいはいつもとかわらなかった。

「さ、はやくお支度をなさってお出ましになってくださいな。わたくしが引きとめたと思われては困りますもの」

と、軽《かろ》やかに源氏をうながし、送りだした。

源氏を見送ると、紫の上はかつて味わったことのないせつない思いに胸が締めつけられ、ひとり物思いにしずんだ。

雪が細かくちらついている。肌をさす冷気が部屋のなかに忍びこんでくる。

（広い邸内とはいえ、同じ屋根の下で、あの方はいま、ほかの女を抱いている。自分が妻になったときと同じ年頃の若い姫宮を……）

そう思ったとき、紫の上はまざまざと思い出した。まだ若紫《わかむらさき》とよばれ、裳着《もぎ》もすませていなかった十四歳の自分がはじめて源氏を受けいれた夜を――。

その夜、源氏はまぶしげに若紫を見つめこういった。

「少し見ないうちに、あなたはずいぶん大人びたね。美しくなったよ」

若紫の首筋から胸もとにかけて、うっすら雪のようにのったやわらかな照りが、ほのかな大殿油《おおとなぶら》の下で息づいている。

＊三日夜《みかよ》の餅《もちい》／婚礼から三日目の夜に夫婦が祝いの餅を食べること

「姫、わたくしを愛《いと》しいとお思いになるか」

若紫《わかむらさき》は一瞬、わけがわからなくて怪訝《けげん》そうに源氏を見たが、ためらいがちにうなずいた。いつもとはちがうなにかを、源氏に感じたからだ。そのとき不意に抱きすくめられ、押し倒された。驚いて拒絶の声をあげた。体に戦慄《せんりつ》が走り、息がつまった。源氏はいっそう刺激されたのか、首筋に激しい口づけを浴びせ、固く閉じている両膝を押し開こうとした。

「いやッ、いやでございますッ」

と、源氏の重い肩を必死で押し戻そうとした。上へ、上へと体がずりあがった。けれども逃げられなかった。嵐に翻弄《ほんろう》される小枝のように、源氏に身をゆだねるしかなかった。

すべてがおわり、朝凪《あさなぎ》のような静けさがおとずれた。源氏の指が髪をまさぐってきた。その指を、激しく首をふって払いのけた。すると源氏はため息をついて、こういった。

「……これが、わたくしという人間なのだ。これが、男の愛し方なのだよ」

源氏は脱ぎ捨てた夜《よる》の衣《ころも》（寝巻き）を肩に羽織《はお》ると、寝所を出ていった。

夜が明けても、驚きと痛みは消えなかった。源氏の立ち去った寝所の褥《しとね》で、ひとり涙をながした。裏切られたようでいとわしかった。そして悔しかった。その思いが何日もつづいた。

だが、会うたびに源氏はこういった。

「愛《いと》しい姫、だれよりも愛しい人」

また、邸内の女房《にょうぼう》たちはだれもがこういった。

「これで姫君は殿《との》の想い人、世の人々も、めでたいことと取《と》り沙汰《ざた》しておりますよ」

そのうち、いとわしさも悔しさも消えてしまい、誠心誠意、源氏に尽くそうと思う自分がいたのだった。

(あの方はいま、幼い姫宮《ひめみや》を……)

言葉にならないつらさが、紫の上の身内をかけぬける。

いつもおだやかな女主人《おんなあるじ》の、一瞬だがみせた露《あらわ》な物思いの表情を、女房《にょうぼう》たちは見逃さない。

「どうかなさいましたか。お顔の色が悪うございますが……」

座敷の端近《はしぢか》に女房《にょうぼう》たちがいることを忘れていた。

「なんでもないのよ。少し風邪でもひいたのでしょう」

「さようでございますか……」

「さ、なにか物語でも読んでもらいましょうか」

いうと紫の上は脇息《きょうそく》にもたれかかり、女房の語る物語に耳を傾けた。けれども女房の語る声は耳に入ってこない。

(疲れた……)

紫の上はふと自分の手の甲に目をやった。みずみずしさが失《う》せ、皮膚《ひふ》の細かい皺《しわ》が浮きでている。頰《ほお》に手をあてれば、ざらつきがある。紫の上は思わず眉をひそめ、両手を袖《そで》のなかで擦《こす》りあわせていた。

(年のせい……)

女三《おんなさん》の宮《みや》との年の差をこっそり数えてみる。

(十七年……ッ)

その差は埋めようがない。

「あの、もう遅うございます。そろそろお休みになられては……」

われに返った。

「……そうね。では、あなた方もおさがり」

女房たちがそそくさと退出する。

女三の宮との年の差は、源氏との夫婦生活の年数と同じであった。

紫の上は遠くを見やるように、ほのかな大殿油《おおとなぶら》に照らされる天井を見あげた。

（長い長い年月……わたくしはひたすらあなたにしたがい、あなたを慕《した》い、あなただけを見つめて生きてきた。求められるまま、この六条の院もきりもりし、あまたの女《にょ》人《にん》たちとも上手にやってきた……）

そうすることが、あなたのためであり、自分のつとめだと、信じて疑わなかった。

けれど、いまはすべてが虚《むな》しい――。

（なぜ……なぜなの）

十七年もともに過ごしてきて、自分にのこったのは、忍びよる老い。なのにあなたには年若い妻――。そう思い、紫の上の心の内に色濃い曇りが生じた。それは心のなかの深みにゆっくり広がりながら、しずんでいった。

あくる朝、まだ暗いうちに源氏は女三《おんなさん》の宮《みや》の寝所から戻ってきた。

渡殿《わたどの》に淡い雪が吹きこみ、風はいっそう冷たい。

「ああ、すっかり冷えてしまった。温《あたた》めてくださいな」

源氏はまっすぐ紫の上の眠る寝所の褥《しとね》に這入《はい》ってくるなり、冷え切った手を彼女の頬に押しあてた。その手を紫の上はやんわりふり払い、源氏に背をむけた。にじんだ涙を見せたくなかった。

源氏はなおも語りかけながら紫の上の細い肩に手をまわし、抱きしめようとする。

（はて……）

源氏は紫の上の袿《うちき》の袖《そで》がしっとりぬれているのに気づき、そっと手をひいた。

いつしか源氏のやすらかな寝息が聞こえはじめる。紫の上は身を固くしてまんじりともしないでいた。

しらじらと夜が明けていく。

褥からそっと這《は》い出《で》る源氏の気配に、紫の上はうすく目をあけた。源氏は筆をとり、文《ふみ》を書きだしている。

（女三の宮様に文を……）

紫の上は直感した。源氏は文に歌を書きつけると、咲きそめた白梅の枝につけ、後朝《きぬぎぬ》の使いにもたせていた。

なかみちをへだつるほどはなけれども
心みだるゝ今朝の淡雪
（ふたりの間を隔てるというほどではないけれど、降る雪にわたくしの心は乱れます）

文をやり、返書を受けとれば、新婚の夫としての義務は終わる。梅の枝を手にした源氏は安堵《あんど》の色を浮かべながら、縁《えん》がわ近くに寄って庭をながめている。

薄く積もった夕べの雪の上に、舞い降る淡雪がとけこむように消えていく。紫の上は褥から起きあがった。その気配に源氏がふりかえり、梅の枝を手にして寝所へ戻ってきた。

「ごらん、初梅だよ」

花の香に、紫の上は目を細めた。

「いい香りですわね……」

「およそ花というものは、この梅のようにかぐわしく匂ってほしいものだね。花といえば桜だが、桜は匂いがない。桜にこの梅の花の香をうつしたら、少しもほかの花をかえりみる気にならないだろうね」

紫の上は、源氏の言いように胸を突かれる思いだった。

（わたくしのことを桜にたとえているのではないだろうか……）

かつて源氏は紫の上の美しさを桜の花のようだと、賞賛したことがあるからだ。

（わたくしには香がないというのだろうか……内親王《ないしんのう》のような高い身分がない。卑《いや》しい女であるということなのだろうか。それとも、もはや若さがないと……）

紫の上は身じろぎもしないでだまりこんでしまった。源氏はあわてていい繕《つくろ》うようにこういう。

「いや、梅はほかの花が咲かないときに咲くから、目立つのかな。桜の盛りのときにくらべてみたいものだ」

紫の上は源氏の視線を避けるように、庭に降る雪に目をやった。そして、なにごと

もなかったかのように、

「今朝《けさ》の淡雪は美しいですこと……」

と、静かに口にした。

そこへ、後朝《きぬぎぬ》の使いが、女三《おんなさん》の宮《みや》の返書を手にして庭をまわってきた。その鮮やかな紅の薄様紙《うすようがみ》が紫の上の目にかかる。源氏は手早く文《ふみ》を開けた。

はかなくてうはのそらにぞきえぬべき
風にたゞよふ春の淡雪

（あなた様のおいでがないので、わたくしは中空に消えてしまいそうです。

風にただよう春の淡雪のように）

さりげなく歌を盗み見た紫の上は、

（この方を源氏の君は正妻に……閨事《ねやごと》が不興などと……よくも）

源氏が女三の宮のもとに通った三日間の夜離《よが》れの寂しさもあった。せつなさがこみあげてくる。紫の上は、おだやかな顔とは裏腹に胸がしめつけられるような気持ちであった。

ある日――。源氏は紫の上の顔色をうかがうようにしてこういった。

「二条の東の院にいる常陸《ひたち》の君《きみ》(末摘花《すえつむはな》)が、ずっと病《やまい》で寝こんでいるのだが、とりまぎれてお見舞いにもいっていない。今夜いってこようかと思う」

昼間だと、おつきの者がふえて、どうしても大げさになってしまう。夜ならお忍び*でもかまわないだろうと、源氏はいう。

「なかなか身分柄というのは面倒なものだ」

「さようですか。常陸の君によろしくお伝えくださいまし」

紫の上はつとめて明るく応じ、お忍びに出かける源氏の支度をするよう女房《にょうぼう》たちにいいつけた。

源氏は、丁子染《ちょうじぞめ》(黄味を帯びた薄紅色)の単《ひとえ》に濃い縹《はなだ》(藍色)の上品な直衣《のうし》を用意させ、丹念《たんねん》に香を薫《た》きしめさせている。

(はて……)

と、紫の上は思う。普段は気にもとめていない常陸の君を見舞うにしては、源氏のいでたちが華やかすぎる。

(常陸の君ではない……。どこへ行こうというのだろうか)

その夜、源氏を見送る紫の上は心おだやかではいられなかった。

あくる朝遅く、源氏はこっそり戻ってきた。表着《うわぎ》は着崩れ、立烏帽子《たてえぼし》からのぞく髪も乱れている。なにがあったのかは一目瞭然で、紫の上はひと言も口をきかなかった。

これまでなら、軽い嫉妬《しっと》に似た感情をおぼえながらも、

「どうなされたのですか。そのお姿は」

と、からかうようにいったが、もうそんな口をきけなかった。それに、

(お帰りになったというのに心がときめかない……いままではお帰りを素直に喜ぶ気持ちがわたくしのなかに、たしかにあったのに……)

と、紫の上は思った。

口をきかない紫の上に、源氏はもの足りなさをおぼえたのだろう。

「じつはね、昨夜は朧月夜《おぼろづきよ》の君《きみ》に会いにいったのだよ」

＊お忍《しの》び／貴人が身分を隠して、あるいは非公式に外出すること。微行《しのび》

どうだ、といわんばかりにうちあける。

「……さようですか」

ようやく紫の上は抑揚《よくよう》のない声でいった。

「それだけですか。張りあいがないな。じつはね、最初は屏風《びょうぶ》ごしに話していたのだけれど、やはりわたくしにとっては忘れきれない女でね。つい、その……」

源氏は一部始終を紫の上に聞かせようとする。しかたなく紫の上は、

「まあ、すっかり若返ってしまわれたよう」

からかうようにいってみた。

すると源氏は少年のように目を輝かせ、さらに戦果を報告して妻の反応をたしかめようとする。

(そう、この方はいつもこんなふうだった。からかわれるのを楽しんでいるようだった。わたくしも自然と軽口《かるくち》をたたけた……喜ぶお顔がみたかった)

いいや、気にいられたかったのかもしれない。この方は変わっていない。わたくしが変わったのだ——。

(なぜ、わたくしは変わってしまったのかしら。変わらなければ、この苦しみもな

かったろうに……)

紫の上は、心に広がってくる闇をどうすることもできないでいた。

この二十年というもの、折にふれ源氏から「だれよりも愛《いと》しい姫、愛しい女」といわれながら育てられ、妻となった。そして源氏の期待を裏切らぬよう、今日まできた。紫の上にとって源氏は父であり兄であり、初恋の人であった。そして夫であり、師であり、雅《みやび》な暮らしを与えてくれる後《うし》ろ見《み》の人であった。

男といえば源氏しか知らない紫の上には、源氏がすべてであった。その源氏に躾《しつ》けられ、教えこまれたことは絶対で、露《つゆ》ほども疑う余地はなく、素直に受けいれてきた。そして、源氏の寵愛《ちようあい》と信頼をえて、心に曇《くも》りの生じることは少しもなかった。

しかしいま、紫の上はせつない胸のうちをだれにも明かせず、ひとり耐えていた。

母亡きあと、祖母である尼君《あまぎみ》とともに都をはずれた北山の山中で育った若紫《わかむらさき》は、十歳の春に、十八歳の源氏に見初《みそ》められた。

若紫は、父より優れた人柄に思えて源氏に親しみをおぼえるが、すぐには山を下りてこなかった。世話をしたいという源氏の申し入れを、祖母の尼君が辞退したからである。

けれど心にひかれるものがあったのだろう、若紫《わかむらさき》は絵にも雛遊《ひなあそ》びにも「源氏の君」をつくっては大切にしていた。

その年の秋、若紫を連れて北山から帰京した祖母の尼君は、六条京極《きょうごく》の古ぼけた屋敷に住まった。見舞いに訪れた源氏に、衰弱した祖母の尼君はそれとなく、こうもらした。

「お心にかわりがなければ……」

自分の死期を悟り、若紫の行《ゆ》く末《すえ》を案じて源氏に将来を託《たく》したのだった。

やがて、時をへずして祖母の尼君は他界した。

六条京極の屋敷を訪れ、一泊した源氏に若紫は親しみを寄せたが、なにかと世話をやかれるのがわずらわしいようで、心細げでもあった。その様子に、父の兵部卿《ひょうぶきょう》の宮《みや》は強引に若紫を引きとろうとした。それを知って源氏は、その朝、若紫をさらうようにして二条の院の西《にし》の対《つい》の屋《や》へ連れ帰ったのだった。

二条の院に移された若紫は当惑し、亡くなった祖母の尼君を慕って悲しみにくれることが多かった。けれども源氏がいっしょになって絵や奏楽《そうがく》に興じると、しだいに親しみ、なじんできた。そんな若紫の一挙手一投足に二条の院の女房たちは目を光らせ、

「そのように大きな声をあげてはなりません。しとやかに、扇《おうぎ》で口もとをお隠しあそばせ」

「女はさかしらにものをいい立てるのではなく、殿方のおっしゃるとおりに素直にうなずくのが、見た目にも美しゅうございますよ」

「御髪《みぐし》は、大切になさりませ。髪は女の命と申します。長く、つややかであればあるほど、殿方は喜ばれます」

「源氏の君がお屋敷にお戻りになられたからといって、走っていくなどもってのほかでございますよ。お部屋で静かにおまち申しあげるのが、姫君らしい御あしらいというものでございます」

などと、いちいちについて教え、諭《さと》した。源氏の君の理想の姫君に育てあげるためである。

源氏も折をみては、

「愛《いと》しい姫、だれよりも愛しい人」

と、若紫を褒《ほ》めあげるのを忘れなかった。

若紫は躾《しつ》けられ、教えこまれ、褒められるほどに「姫君」とはそういうものだと素直に受けいれた。

若紫《わかむらさき》の素直さは、おだやかな気性と相まって周囲の人望を集め、源氏の最高の想い人として、「紫の上」と尊称されるまでになった。

源氏はいよいよ紫の上を愛おしみ、広大な六条の院の采配《さいはい》をまかせるほどに信頼を寄せた。

だがいま、女房《にょうぼう》に長い黒髪を梳《くしけず》らせながら、鏡に写るわが身をながめやる紫の上は、

（いつまで、このような物思いがつづくのか……）

と、自分を苦しめる根源がわからぬままに胸の内をもてあましている。

みずから望んで歩いてきた道である。源氏の君だけを見つめ、源氏の君だけを慕《した》って生きてきた。源氏の君の最高の想い人であるという、ただそれだけを支えに生きてきた。

（けれど、それはわたくしが本当に求めていたものだったのだろうか……）

真っ暗な淵《ふち》にたたずむ自分の姿が脳裏に浮かんでは消えていく――。

六条の院に女三《おんなさん》の宮《みや》を迎えて六年がたった。折しも三十七の女の厄年《やくどし》を、紫の上は

迎えていた。

すべてにゆきとどき、完全無欠に近いような女は長生きしない例もあるからと、源氏に厄落《やくお》としの祈禱《きとう》をすすめられた。

源氏は、このところの紫の上の様子がいたく気になるようで、なにかと機嫌をうかがうことが多い。あるときなどめずらしく過去を回想し、紫の上の勝《すぐ》れた宿世《すくせ》*を語って自分の紫の上への気持ちを吐露《とろ》したりした。

そのとき、紫の上ははじめて源氏に、この六年は胸におさめきれない悲しみが生きる支えであったと、自分の気持ちを正直に打ちあけた。そして、その葛藤《かっとう》から逃れたかった紫の上は、できることなら出家をしたいと申し出た。

だが、源氏はそれを受けいれず、最後まで自分の想いを見とどけてほしいという。

(この人の想い……また、この方は気休めをいう……)

紫の上は涙ぐむばかりだった。

その夜も、源氏は二十歳になった女三の宮の寝所にわたっていった。今上《きんじょう》の帝《みかど》の後《うし》

*宿世《すくせ》／前世。前世からの因縁。宿縁。宿命

ろ楯《だて》もあって、女三《おんなさん》の宮《みや》の威勢はましている。それにつれて源氏がわたる夜も多くなった。

紫の上は煩悶《はんもん》のあまりついに体を蝕《むしば》まれたのだろう、この夜突然、病《やまい》の床に臥《ふ》した。あくる朝、戻ってきた源氏は床に臥せる紫の上に狼狽《ろうばい》し、つきっきりで介抱に専念した。けれど二月《ふたつき》たっても病はいっこうによくならなかった。

源氏は紫の上を六条から二条の院へ移した。二条の院は紫の上が十歳の頃からなれ親しんだ住まいだ。所をかえれば病が好転するのではないかと期待して移したのだが、衰弱は治まらず、日ごとにましていくばかりであった。

ある日、六条の院の様子を見にいっていた源氏のもとに、

「紫の御方様《おかたさま》の息が絶えてしまわれましたッ」

という知らせが、二条の院からとどいた。

源氏は驚愕し、ただちに二条の院にとってかえした。二条の院では女房《にょうぼう》も僧侶たちも、浮き足だって大騒ぎをしている。

「静まれッ。静まらぬかッ。あれが、わたくしをおいて死ぬはずがない……これはきっと物《もの》の怪《け》の仕業《しわざ》だ。祈禱《きとう》せよ。魂《たましい》をよび戻すのだッ」

源氏は霊力ある加持僧《かじそう》を数十人もよびあつめて、祈禱を行なわせた。みずからも念珠《ねんじゅ》をかけ、必死に祈りを捧げた。

真言《しんごん》を唱える僧たちの額に玉の汗が光る。香木《こうぼく》を焚《た》く煙があがり、誦経《ずきょう》の声が響きわたる。病魔退散《びょうまたいさん》の祈りをこめて、護摩壇《ごまだん》に次々と香木がくべられていく。

紫の上はこんこんと眠っているかのようで、身じろぎもしない。ときおり、うなされるのか、小さな声をあげる。

まるであの世とこの世のあいだをさまよっているかのようである――。

（紫……紫……）

遠く近く、自分をよぶ声が谺《こだま》のように耳に響く。

（だれ……あなたはだれなの）

重いまぶたをあげる。あたりは濃い闇だけで、ひと筋の光すら見えない。

（ここはどこ……）

いつしか中有《ちゅうう》の旅をしているようで、体の重みがまったく感じられない。普段は重

＊中有《ちゅうう》の旅／冥途の旅＝次の生を受けるまでの期間、さまようこと

く感じる背丈ほどもある髪が、まるで扇《おうぎ》を広げたかのように、かろやかに闇のなかに浮いている。

このまま深い闇に吸いこまれ、消えてしまうのだろうかと、紫の上は遠のく意識のなかで思う。

そのとき、

「紫、こちらへいらっしゃい」

驚くほど間近に声が聞こえる。ふりむくと、青白い女人《にょにん》の顔が浮かんでいる。

「だれ、だれなのッ」

恐怖にかられて叫ぶ自分の声が聞こえない。

「わらわは、女。女というもの……」

ゆっくりつぶやくようにいう女人の顔が、笑ったように見える。

「あなたね。わたくしにとり憑《つ》いたのは……。お名のりになってください」

「ふふ……」

「なぜ、わたくしを苦しめるのです」

「わらわをよびよせたのはだれあろう、そなた自身。そなたの心のなかの思いが、わらわをよんだ」

「なんですって……」

「女はみな、だれもがほかの女を泣かせながら生きている。そなたも、その宿命からは逃れられない。わらわも……憎いそなたをとり殺してくれようと」

「もしや、あなたは六条《ろくじょう》の……御息所《みやすどころ》様ッ」

「もっともっと、ねたみ、そねみ、うらむがいい。深ければ深いほどわらわの力もます」

「……わたくしは源氏の君をうらんでなど、おりませぬ」

「そなたは許せるのか。そなたから恋しい男をうばう女たちを……そなたを苦しめる男の仕打ちを、許せるのか」

「……六条の御方様……いま、ようやくあなた様のお心がわかりました」

「女三《おんなさん》の宮《みや》、朧月夜《おぼろづきよ》の君《きみ》、常陸《ひたち》の姫君《ひめぎみ》、明石《あかし》の君《きみ》……とりわけ」

「やめてッ」

「女三の宮は許せなかったようではないか。源氏の君はいやいや通っておいでの様子だったが、じつのところは若い女の肌に血をたぎらせている……。あの方はそういう男」

「おやめくださいッ」

思わず耳を塞《ふさ》ぐ。だが、女人《にょにん》の声は情け容赦なく響きわたる。

「そなたの胸の内をのぞいただけ……。源氏の君のお気にいりの、きれいなお人形さん」

「なにをいうの……」

「そなたは源氏の君に思うがままに作られた理想のお人形さん。ならば理想のお人形さんらしくふるまってあげてこそ、理想のお人形。あれこれ思い悩むは愚《おろ》かというもの」

(なんていうことを……)

紫の上の身内に激しい怒りがこみあげる。

「わたくしは人形などではありませんッ。わたくしは源氏の君に慈《いつく》しまれ、愛《いと》しまれ、喜ばれ、信頼され——」

その言葉をさえぎるように女人はいう。

「いいえ、そなたは人形。源氏の君……あの方は、ご自分のことしか考えていない。

そろそろ、そなたも捨てられる。わらわのように……次の人形は、あの女三《おんなさん》の宮《みや》かもしれぬ」

「なにをいうのッ。あなたはわたくしを貶《おとし》めようというの。なぜ……なぜなの」

そのとたん、女人の白く長い爪がぬっとのび、その手が紫の上の首筋にかかる。

「はなしてッ」

「いや、はなしません。さあ、そなたもこちらにいらっしゃい。ねたみやそねみ、それにうらみを抱いたものは、わらわとともに無明《む》《みよう》の闇《やみ》*をさまよいつづけましょう」

冷気がじんじん首筋にしみいる。紫の上は気の遠くなるような意識のなか、

（わたくしは……負けませぬッ）

全身に力をこめて叫ぼうとする。が、その気力を削《そ》ぐかのように冷気が全身にまといつき、体を凍らせる。

（あ、あああ……）

闇のなかにぼんやり灯《あか》りが見える。目を凝《こ》らすと、あまたのろうそくが小さな炎を

＊無明《むみよう》の闇《やみ》／悟ることのない状態を闇夜にたとえていう語

あげている。

「見えますか。あれが命の火。そなたのは、あの左の端の……」

そういう女人《によにん》の姿がしだいに薄くなっていく。左の端にある小さなろうそくの炎はすぐにでも消えいりそうにゆれている。

「あれを吹き消そうと……ですが、そなたの命……まだ少しあるよう……生きなさい」

と、女人の声も姿も、ふっと消えてしまった——。

加持僧《かじそう》の祈禱《きとう》の声にわれに返った紫の上は目を開けた。源氏の顔が目の前にあった。

（わたくしは、生き返った……）

紫の上は、大きく息をついていた。

長い葛藤《かっとう》の末にようやく苦しみの根源を探りあてた紫の上は、ふたたび出家《しゆつけ》を源氏に申し出たが、許されなかった。

（女ほど思うにまかせず、窮屈《きゆうくつ》であわれなものはあろうか……）

そう思い、いかに身を処するべきか思案する日々が多くなった。しばしば床に臥《ふ》せることもあった。周囲は物の怪《もののけ》が去りきっていないのだろうと、さかんに噂した。

紫の上は、

（この苦しみから解きはなたれるには、やはり出家しかない……）

と、再三再四、源氏に出家を申し出るが、許しがでない。

（このお方の、ご自分中心の生き方はなおらない……）

紫の上は源氏をうらめしく思い、日ごとに気も弱っていった。弱るにつれ、

（思うようにいかないのは、わたくしの罪業《ざいごう》が深いせいかしら……）

そう、考えるようになった。その頃にはもう、なにに対しても寂しさを感じるようになり、ついに病の床に臥した。

その床で、みずからの死を予期した紫の上は、すべてのものにしみじみと心をむけられる自分に気づき、はじめて安堵の胸をなでおろした。そして、物思いもせずにひたすら源氏の君につくし、想いをよせていた自分を懐かしみ、つくづくこう思う。

（あの頃が一番……）

＊罪業《ざいごう》／罪の原因となる業。罪となる行ない

夏になるにつれて、心身の衰弱が激しくなった。まもなく紫の上は露の消えいるように四十五年の生涯を閉じた。

いま一度会いたいと、几《き》帳《ちよう》の帳《とばり》を引きあげた源氏の嫡男《ちやくなん》、夕霧《ゆうぎり》は息をのむ。

その死に顔はおだやかで、見る者の魂を奪うほどの美しさであった——。

■解説——紫の上と光源氏

誰もが認める〝理想の女性〟——そこから抜け出せない〝本当の自分〟

幼い頃から手元において、自分の思いどおりに教育し、自分の理想の女に育てあげる——。これは男にとってひとつの夢なのでしょう。その裏返しとして、恵まれない境遇に埋《うず》もれていた少女が力のある男に見出され、玉《たま》の輿《こし》にのって豊かな生活を手に入れたら、それは人に羨《うらや》ましがられるでしょう。

紫の上は、この理想的な生き方を体現した女として原典に描かれています。美しく聡明で、源氏の君に愛され、理想の女として讃《たた》えられる紫の上ですが、はたして本当に幸福だったのでしょうか。本書では、このテーマにせまってみました。

ふたりがはじめて出会ったとき、紫の上は十歳、源氏は十八歳です。父の愛情を知らず、母と死に別れた美少女は、祖母である尼《あま》のもとでひっそり暮らしています。その年の秋に祖母を亡くしますが、その直前に二条の院に引きとられます。

このとき、源氏には正妻の葵《あおい》の上《うえ》がいます。しかし、顔を合わせることはありません。当時の婚姻の慣習に則《のっと》り、葵の上は実家で暮らし、源氏がそこへ通う形をとっていたからです（いわゆる通い婚）。葵の上の死後、紫の上は十四歳で源氏と結ばれ、以後、源氏と生涯をともにしました。

紫の上は、源氏に数多くの寵愛《ちょうあい》する女がいることを百も承知です。それでも源氏によせる信頼はゆるぎません。紫の上の価値観は、幼い頃から源氏の影響を色濃く受けていたからです。心おだやかでないことがあっても素知らぬふりで源氏をもてなす鷹揚《おうよう》さがあります。源氏に受けいれられ、愛されることこそが、生きる指針だったのです。

もち前の資質――素直さとおだやかさ、それに努力によって、紫の上は源氏にふさわしい女に成長していきます。

ところが、紫の上にも叶わなかったものが二つあったと思われます。ひとつは源氏の子どもを産むこと、もうひとつは源氏の正妻になること。

子ども（明石《あかし》の姫君《ひめぎみ》）を産んだ明石《あかし》の上《うえ》が源氏を追うように都へやってきたとき、紫の上は子どものできない負い目もあって衝撃を受け、心を乱したことでしょう。でも、明石の姫君の養育を任されたことで、自分の気持ちに折りあいがつけられたのではないでしょうか。六条の院に新しい秩序と調和を作りあげます。もうひとつの試練が、女三《おんなさん》の宮《みや》の降嫁《こうか》です。

女三の宮は内親王《ないしんのう》ですから、源氏は正妻として迎えないわけにいきません。紫の上が歳月を重ねても手に入れられなかった正妻の座に、十四歳の女三の宮があっさり着いたとき、鷹揚《おうよう》で心おだやかな紫の上でも悩み苦しんだのではないでしょうか。自分の人生はなんだったのか、と。そして女三の宮にかつての自分を重ねてみたのではないでしょうか。

女三の宮は才気だったところがなく、人形のようだと評されています。では、わが身をふりかえってみたらどうか。源氏好みの女になろうとつとめた生涯は、やはり人形のようなものだった、と気づいたのではないでしょうか。

（了）

◎主な参考文献は次の通りです。
『新潮日本古典集成・源氏物語』石田穣二・清水好子校注（新潮社）／『源氏物語作中人物論集』森一郎編・著（勉誠社）／『与謝野晶子の源氏物語　上』与謝野晶子（角川学芸出版）／『女人源氏物語　二』瀬戸内寂聴（集英社）／『新々訳　源氏物語』谷崎潤一郎訳（中央公論社）／『平安朝の乳母達「源氏物語」への階梯』吉海直人（世界思想社）／『源氏物語評釈』玉上琢彌（角川書店）／『王朝貴族物語』山口博（講談社）／『光る源氏の物語』大野晋・丸谷才一（中央公論社）／『源氏物語必携』（別冊國文学Ｎｏ．１）秋山虔編（學燈社）／『光源氏の一生』池田弥三郎（講談社）／『源氏物語』秋山虔（岩波書店）／『光源氏の人間関係』島内景二（新潮社）／『源氏物語事典』三谷栄一編（有精堂出版）

構成　（株）万有社

本書は、小社より刊行された『源氏物語　眠らない姫たち』を文庫再収録にあたり加筆・改筆・再編集のうえ、改題したものです。

息《いき》つく暇《ひま》もないほど面白《おもしろ》い
『源氏《げんじ》物語《ものがたり》』

著者　由良弥生（ゆら・やよい）
発行者　押鐘太陽
発行所　株式会社三笠書房
〒102-0072 東京都千代田区飯田橋3-3-1
電話　03-5226-5734（営業部）03-5226-5731（編集部）
http://www.mikasashobo.co.jp
印刷　誠宏印刷
製本　宮田製本

©Yayoi Yura, Printed in Japan

ISBN978-4-8379-6700-2 C0190

＊本書のコピー、スキャン、デジタル化等の無断複製は著作権法上での例外を除き禁じられています。本書を代行業者等の第三者に依頼してスキャンやデジタル化することは、たとえ個人や家庭内での利用であっても著作権法上認められておりません。
＊落丁・乱丁本は当社営業部宛にお送りください。お取替えいたします。
＊定価・発行日はカバーに表示してあります。

王様文庫

三笠書房

王様文庫

yura yayoi
由良弥生

初版

大人もぞっとする
グリム童話

ずっと隠されてきた残酷、性愛、狂気、戦慄の世界

息つく暇もないほど面白い！　「大人の童話集」！

歴史的ベストセラーは、本当はこんなにも"残酷"だった！

まだ知らないあなたへ――
「メルヘン」の裏にある真実と謎

●魔女（実母？）に食い殺されそうになったグレーテルの反撃……【ヘンゼルとグレーテル】
●シンデレラが隠していた恐ろしい「正体」……【灰かぶり（シンデレラ）】
●「食べられても好き」――少女が狼に寄せるほのかな恋心……【赤ずきん】
●父との"近親相姦"を隠蔽するために……【千匹皮】
●親に捨てられた実の兄妹の"禁断の愛"の行方……【兄と妹】
……ほか全9話！

「ハッピーエンド」の裏に隠された、おぞましい、この「……」！

K10020